異邦人

ボーダレス・ラブ

斎藤 憐

Saito Ren

JIRITSU SHOBO

而立書房

異邦人

ボーダレス・ラブ

■登場人物

セキ・サノ（佐野碩）
二三子（女1）
メアリー（女2）
ガリーナ（女3）
ウォルディーン（女4）
イボンヌ（女5）
マレーネ（女6）
女7
女8
女9
女10
女11
女12

一幕

プロローグ

M－1『同志は倒れぬ』のハミングとともに、十二人の女たちが、一輪の花を手に次々に舞台の先端に歩き、台に載せて行く。
行列が最後になったとき、突然、喧嘩が始まった。

マレーネ　（イボンヌに）だらしない男だったって！
イボンヌ　とんだホラ吹きよ、あの男は。
女7　あんたは騙されていただけ。
マレーネ　よく知りもしないで！（と、つかみかかる）
女9　やめなさい、こんなときに！
メアリー　今夜ぐらい楽しくやろうよ。
マレーネ　このフランス女が私の思い出を汚すんだもの。
女8　ワー。（泣き出す）
女11　あんたセキの思い出が辛いのね。
女8　これ辛い！
ウォルディーン　馬鹿だねえ。メキシコの唐辛子、バクって一口で食べるなんて。
女7　だからあたしの知ってるのが本当のセキだって言ってるのよ。

イボンヌ　みんな自分があの男のことを一番知っているって思い込んでいるだけ。
女11　この人なんてセキとの間に子供までもうけた正式の奥さんだったのよ。
女7　ワー（と泣き出す）悔しい！　セキの馬鹿！
イボンヌ　男と女の愛情はね、戸籍なんて問題じゃないの。
アリシア　みなさん、落ち着いて席におつきください。
ガリーナ　ねえ、ここメキシコシティーで亡くなったのは、本当にセキ・サノなの？
ウォルディーン　はい。演出家のセキ・サノ。
二三子　日本流には、サノ・セキ。
女10　ビールが嫌いだったセキ。
マレーネ　あの人、ベルリンじゃあ毎晩ビール飲んでたわ。
女7　セキって日本人がもう一人いたんじゃないの？
女9　私もそう思う。
二三子　もしやして、私たち、みんな別々の男を一人の男だと思い込んでいるんじゃない？
ウォルディーン　また、その話をぶり返すの？　みんなの知ってるセキは足が悪かったってことで一致したでしょ。
二三子　セキは一つのときに熱病に罹って、それで足が不自由になったんです。
マレーネ　みなさんの知ってるセキの悪かった足は左？
一同　（首を振る）

マレーネ　そんなら右？
一同　（それぞれの国の言葉で）ウィー。ダー。シー。イエース。
ウォルディーン　私も、このメキシコの地で長らく生活をともにしたセキ・サノのことをよく知っているつもりでした。でも、亡くなったセキの書斎で遺品を整理いたしましたら、世界各地の女性からの夥しい手紙が出てまいりました。（手紙を出して）ハリウッドからはメアリーさん。モスクワからお越しのガリーナさん。
イボンヌ　（見回して）ていうことは、ここにいるのはみんなセキの女だったってわけ？
マレーネ　まあ、フランス人てあからさまねえ。
ウォルディーン　私は、当初セキのお墓に「メキシコ近代演劇の父、セキ・サノ、ここに眠る」と刻もうと考えておりました。でも、みなさまからの手紙の数々を見て、私は私の知っているセキと別のセキがいることに気づきました。フミコさん。
二三子　はい。
ウォルディーン　あなたがセキと別れたのはいつのことですか。
二三子　ヨコハマの港でセキを見送ったのは昭和五年です。
女7　ショーワ？
二三子　つまり、一九三〇年。
ウォルディーン　セキがメヒコのベラクルスの港に着いたのは一九三九年。
マレーネ　ええ、その十年の間に、これだけの女と関係したわけ！

ガリーナ　女たらし、メヒコの土に帰る。

M－2『女たらしがくたばった』

女たち　女たらしがくたばった
ウォルディーン　言葉もカタコト囁いた
Volveure, sin falta.
あたいの青春盗みだし
女たち　こいつにゃ涙はもったいないよ

ガリーナ　結局、私たちは、あの男の人生の一部分しか知らないってことなのね。
ウォルディーン　そんなわけで、彼の墓石にどんな言葉を刻んだらいいか、それをみなさんと考えようと、こうして集まっていただいたのです。
メアリー　世界を股にかけて歩いた男、セキ・サノってのはどう？
イボンヌ　いいや、世界の女の股を探って歩いたドンファンここに眠るね。
女たち　女たらしがくたばった
メアリー　旅から旅へのエトランゼ
I'll come back.

女たち　あたいの人生めっちゃくちゃ
　　　　あいつにゃ涙はもったいないよ
メアリー　アメリカにあの人がいたのは、行きに半年、帰りも半年、一年だよ。そこ行くとモスクワには四年もいたんでしょ。
マレーネ　あの人はベルリンには、一か月だよ。
イボンヌ　長く、暮らしゃあいいってもんじゃないの？　問題は密度？
女たち　女たらしがくたばった
ガリーナ　故郷に帰れず居候
　　　　Я возвращусь.
　　　　それがあたいの命取り
女たち　こいつにゃ涙はもったいないよ
　　　　女たらしがくたばった
二三子　芝居掛かって囁いた
　　　　「お前の元へかならず帰って来るからな」
　　　　待てど帰らぬ色事師
女たち　女たらしに

涙なんか　涙なんかもったいないよ

イボンヌ　あの人は、最初の奥様、この二三子さんから次々に女を渡り歩いて、最後にあんたの所にたどり着いたわけだ。

ウォルディーン　（二三子に）セキが日本を出たとき、あんたはいくつだったの。

二三子　二十三のときです。

（歌う）**M－3「物語」**

見せ物芝居の幕切れは
終わりよければすべてよし
一夜の夢見て家路を急ぐ

イボンヌ　あんた、あの人とどこで知りあったの？

二三子　私は千駄ヶ谷の千田是也という俳優さんの隣に住んでいまして、舞台の女優になろうと思って……

メアリー　へえ、あんた女優さんだったの？

二三子　ええ、私はチェーホフの『三人姉妹』をやりました。

ウォルディーン　へえ、私はオーリガをやったけどね。

人の命の幕切れは
あまりに突然、ちぎれた日記
見果てぬ夢さえ土に埋もれてしまうのさ

遠くに消防車の鐘の音。
ウォルディーンと二三子のみがライトの下に。

2

二三子がイリーナを、ウォルディーンがオーリガを演じた。

イリーナ　なんて騒々しい夜なの。(間) オーリャ！　あんた聞いて？　軍隊をこの町からどこか遠いところへ移すんだって。
オーリガ　噂だけよ。
イリーナ　そうしたらあたしたちだけになるわねえ……オーリャ。
オーリガ　うーん？
イリーナ　ねえ、オーリャ姉さん。あたし男爵を尊敬しているわ、感心しているわ。あたしあの人と結婚します。承知するわ。ただね、モスクワに行きましょうよ！　モスクワよりいいところ、この世のどこにもないわ。行きましょう。

そのとき「駄目だ、駄目だ」と客席から声がしてセキが出てきた。

セキ　お前らは台詞をただ、順番に言ってるだけじゃないか。イリーナ！
二三子　はい。
セキ　「なんて騒々しい夜なの」から「オーリャ」と呼びかけるのにどうして間が開くんだ！

二三子　台本に「間」って書いてあります。
セキ　馬鹿！（舞台鼻に寄って）イリーナはどうしてここでモスクワに行こうって姉さんに言うんだ。
二三子　（自信なく）それは、モスクワに行きたいからじゃないですか。
セキ　（舞台に駆け上がって）アホかお前は。よくそれでいっぱしの女優面してられるな。
二三子　……
セキ　ええ、こんな芝居を金だして観せられる客はたまんないなあ。
泉子（女8）　でも二三子さんは、一所懸命練習してます。
セキ　一所懸命なら幼稚園の子供にだってできます。
二三子　（鼻をすする）
セキ　馬鹿、泣くな！　泣くというのはな、問題をうやむやにしてしまう行為なんだ。
二三子　はい。
セキ　あのな、三人姉妹さんは結局、モスクワに行くのかい？
泉子　この芝居の中では、行きましょうと言ってるだけですけど……
セキ　その前にイリーナは、なんて言ってる？「イタリア語で窓をなんと言うのか、なにもかにも忘れて行く」。その後だ。
二三子　（ボソボソ読む）「だのに生活は流れて行って二度ともう帰らない。あたしたち、いつになったって決してモスクワに行けやしないわ。あたし、知ってる、行けるもんですか……」
泉子　そっかぁ。行かないんだ。

セキ　そう。じゃあモスクワってなんだ？
二三子　ソ連の首都です。
セキ　（頭を抱えて）ああ、俺は、こんな阿呆と芝居をやってなきゃあなんないのか？

台本を床にたたきつけるが閉じてないのでバラバラに飛び散る。

泉子　この当時のモスクワはロシアの首都ではありません。ペトログラードが首都でしょ。
セキ　（侮蔑して）はいはい。そうですねぇ。（叫んだ）そんなことを言ってるんじゃない！　いいか、無教養な俗物たちばかりの田舎町に住んでる三人姉妹にとって昔住んでたモスクワは希望の町、夢なんだ。
女優1　わかるわあ。あたすも東京さ出たいってずぅっと思ってたぁ。
セキ　フー。やってる芝居もアホらしければやってる役者も馬鹿ばっかりだ。
女優1　佐野先生は、チェーホフ嫌いなんですか？
泉子　私、チェーホフのお芝居、好きです。
セキ　ふん。危機意識の欠如したお嬢様のお好みにぴったり。ロシアのちっとばかり教養のあるお姉さんたちが、ウスノロだらけの田舎の生活に愚痴を言ってるだけの芝居じゃないか。みんな、もっと広く目を開いてくれよ。今、世界中の国家が、また戦争を始めようとしてるんだぞ。
女たち　……

セキ　世界中がもう一度焼け野原になろうとしてるんだぞ。
二三子　私たちだって、戦争には反対です。
セキ　（興奮してくる）……いいか、帝国主義戦争っていうのはだな、悪人がいるから起きるわけじゃないんだ。それぞれの国の資本が利潤を追求する結果起こる争いなんだよ。だから観客に戦争をなくすためには労働者が国際的に連帯しなきゃあならないってことを理解させなきゃあいけないんだ。
泉子　じゃあ、そういうお芝居をやればいいじゃない。
セキ　やろうとしただろう。どんな台本を提出しても、検閲でズタズタだ。（二三子に）聞いてんのか！
二三子　あの……お義母さまが……

荷物を抱えて静子（女3）が立っていた。

セキ　ここは仕事場なんです。素人が入ってくるとこじゃない。
静子　みなさん、うちの碩は癇癪持ちだけど根はいい子ですから怒らないでやってくださいよ。
セキ　なんの用です？
静子　今度のお芝居の衣装を見繕ってきたんだけど……。これ、どうかと思ってさ。お父様がドイツに留学されたときのものだから……

セキ　わかりましたよ。そこに置いといてください。

静子　あなた、今日は早く帰れないですか？

セキ　駄目駄目。昼飯だって食べずにやってるんだから。帰ってください。

静子　そうだろうと思ってね。みなさんにお寿司を買って控え室に置いてあるから。

俳優たち　ワア！

セキ　わかったわかった。三十分、休憩。

俳優たち、去る。

セキ、床に落ちた台本を拾っていた二三子を手伝う。

静子　ああ、ドイツの伊藤の坊やから手紙がきてたよ。

セキ　母さん。その伊藤の坊やって言うのやめてください。圀ちゃんは、千田是也って演出家として、今日本を代表してベルリンに行ってるんですからね。

静子　あのきかん坊がねえ。（去る）

セキ　母さん、僕や千田君を子供扱いするのはよしてよ。（読む）

二三子　ねえ……

セキ　……（手紙から目を離さず）なんだ？

二三子　私、やめる。

セキ　（聞いていない）ふーん？
二三子　薄々感じてたんだ。私には才能ないって。
セキ　なに、やめる？
二三子　女優……
セキ　ええ！　どうして？　君の頑張りに驚いているぐらいだ……
二三子　一所懸命なら、幼稚園の子にもできる。イリーナ、誰かにやってもらって……
セキ　そりゃ困る。いや、毎日、よくなってるよ。
二三子　あなたの言うことその通りだと思う。私の芝居観せられる人、不幸だわ。
セキ　悪かったよ。さっきは言い過ぎた。
二三子　こんな馬鹿な女と結婚したこと後悔してるんでしょう。
セキ　二三子。そんな……。愛してるよ。一生、君とは別れないよ。

と、二三子の手を握って引き寄せる。
そのとき、奥から女たちが二人を覗く。

二三子　ずっと一緒にいる？（寄り添って）
セキ　ああ、お前とは一生一緒だ。
二三子　信じていい？

セキ　永遠にだ。
女7　（歌うように）サノ・セキ。
セキ　はい？（と、周りを見回す）
女7　築地警察の者だ。治安維持法違反容疑で逮捕する。

女たち、二三子とセキを引き離す。
築地警察取調室。
取調官（女7）とセキ。

女3　氏名、住所。
セキ　佐野碩。東京市、麻布区、宮村町七一。
女3　（書類を見て）日本共産党最高指導者の佐野学はお前の叔父だな。
セキ　この六月、上海で逮捕されました。
女3　お前の職業は？
セキ　舞台の演出をやっています。
安田　お前の女房の二三子は平野郁子って女優だね。いい女だなあ。殺風景な警察に花が咲いたよ。
セキ　……
安田　どうだ？　早くここを出て、カミサンを抱きたかろう。

セキ　……。
安田　お前が改心して、わが日本帝国の国体に背く無政府共産の思想宣伝の演劇をやらないと誓約したら出してやる。
セキ　……。
安田　いいか、国家というものは言ってみれば国民にとって母親のようなもんじゃろうが。国家を否定することは、母ちゃんの愛に逆らうようなもんじゃろうが。
セキ　おじさん。
安田　なんだぁ。
セキ　あなた、子供さんいくつです？
安田　うん。七つと五つと二つだ。
セキ　いやぁ、かわいいだろうなあ。
安田　そりゃあもう、お前……
セキ　で、(ズバリ)日本とあんたんちとどっちが大切ですか？
安田　なにぃ。日本帝国と俺んちか。(考え込む)
セキ　そう。あんたの奥さんと子供さん。大事でしょ？
安田　ああ、大事だよ。
セキ　それと日本とどっちが大事ですか？
安田　そりゃあ……。

セキ　自分の愛する者と、国とどっちが大切です。
安田　お前、この日本国の中に俺んちがある。だから日本を大事に思うことが我が家を大事に思うことなのだ。うん。
セキ　……

安田の演説が始まるが聞いていないので、口がパクパクするばかり。
鉄格子の向こうに二三子。

二三子　もう、危ない事はやめて！
セキ　二三子、わからんのか。去年の三・一五、この四月の四・一六の一斉逮捕で、党は壊滅状態になっているんだ。
二三子　党と私とどっちが大事なの？　私、お芝居やりたいけど、それ以上にあんたが大事。
セキ　……。
二三子　ねえ、あなたにとって私より日本の演劇が大切で、そしてそれ以上に党が大切なの？
セキ　当たり前だろう。お前は国家に抑圧されている日本民衆の一人なんだ。いいか、一人一人の力は弱い。だから、その小さな力を合わせて大きな力にしなけりゃならんのだ。
二三子　（小声で歌った）ああ、インタナショナル我らがもの。

警察署。

安田　（見て）なんだぁ。「立て飢えたる者よ。今ぞ日は近し」何が近いんだ？

セキ　……つまり、労働者の国際的連帯です。

安田　レンタン？　分からん言葉を振りかざすな！　お前はこの「インテリナショナル」という歌を作ったそうじゃないか。

セキ　この歌は、フランスの詩人が作ったものですから、佐々木孝丸君と、私が翻訳を……。

安田　……（ジッと見て）君はフランス語ができるのか？（書類を見て）

セキ　はい。

安田　浦和高校から帝国大学。それでインテリナショナル。なに不自由ない身分で……。

佐藤（女9）が重箱を持って入って来る。

佐藤　おい、鰻だぞ。

セキ　結構です。

佐藤　君の家族からの差し入れだ。

セキ　いりません。（安田に）よろしかったら、どうぞ召し上がってください。

佐藤　（書類を見て）君の父上は小川町の佐野病院の医院長だそうだね。

セキ　……。
安田　ふーん。母方の祖父は後藤新平元外務大臣であらせられる。
セキ　……。昨年四月に、亡くなりました。
佐藤　（優しく）君のお祖父さんは関東大震災のときの内務大臣として、震災復興計画に辣腕を振るわれたお方だ。
セキ　祖父の都市計画を役人どもがつぶしましたが……。
佐藤　フン。ロシアに赤色革命が起こったとき、シベリア出兵を英断なさったのも、君の後藤伯爵閣下であらせられるな。
セキ　祖父は、後に日本のシベリア干渉戦争は間違いだったと。
佐藤　なんだと？（書類を出して）君の家からは、嘆願書がきている。どうだ、今後、党と縁を切ると約束してくれないかね。
セキ　……
佐藤　なあ、佐野君。
セキ　はい？
佐藤　もし、日本にも革命がきたら、私ら警察は、やっぱり死刑かねえ？
セキ　さあ、警察官にもいろいろいますからねえ。
安田　あの、佐野君。この鰻、ほんとうに食べんのかね。
セキ　どうぞ。

人形を作っている二三子と静子（女3）。

静子　そう。伊藤の坊やとあの子とがアカの芝居やって、やっぱり築地警察で一日絞られて、最後に「罰金五円」て言われたら、つい「なんだ。それっぽっちか」って口に出て、おまわりさんを怒らしたって……。ククク。（嬉しそう）
二三子　お義母さま。巡査のお給料、いくらだかご存じ？
静子　さあ、五十円くらいかな。
二三子　十五円ですよ。
静子　（人形を見せて）どうだい、この衣装は？
二三子　ボタンなんかは少し大きめのほうがいいわね。
静子　外国人に見えるかねえ。
二三子　それで義母様は、碩さんの洋行をお認めになったんですか？
静子　それのほかないからねえ。あの子だって外国に行けば、頭も冷えるだろうし……。
二三子　フランスに行くとなるとお金もずいぶんかかるでしょう？
静子　でも、牢屋に入っているよりマシだから……。あんたはかわいそうだけど、まあ、二、三年の辛抱だから……
二三子　お義母さまが碩さんに甘いから……

静子　あの子は一つのときにかかった結核性の関節炎で足がああだろう。お父様もあの子の足をなんとか直そうとお医者さまになったんだからね。あら、帰って来たよ。

セキ、入ってくる。

静子　パスポートどうでした？
セキ　ああ、外務省も僕を日本から追い出すつもりらしい。
静子　それはようございました。
セキ　母さん、鰻取ってくれ。腹ぺこだ。
静子　はい。はい。（出て行く）
セキ　（人形を見て）おお、できたな。
二三子　嘘つき！
セキ　なんだい？
二三子　（黙って本を突きつける）アメリカに行くのにどうしてロシア語勉強するの？
セキ　いや、チェーホフが原語で読みたくなってね。
二三子　（手紙を出して読む）「モスクワの世界労働者演劇会議に日本代表として出席してくれることを望みます」
セキ　なんだ千田君の手紙を見たのか？

二三子　どうして私に隠してたの？
セキ　……。
二三子　日本の外務省にフランスに行くって言って、ロシアに入ったら、二度と日本に帰れない。そうでしょう？
セキ　お袋には黙っててくれ。
二三子　私はどうなるの？　あんたと別れるなんて嫌よ。
セキ　（人形を持って）イクコ、セキをモスクワに来させてやってくれないか？
二三子　あんただあれ？
セキ　フセボロード・メイエルホリトという者です。
二三子　小山内先生が勉強されたモスクワ芸術座とどうちがうの？
セキ　スタニスラフスキーはリアリズム演劇だ。しかし、この世界はリアリズムの方法では表現できないことだってある。
二三子　ふーん。
セキ　（人形を操りながら）どうだろう。セキのモスクワ行きを許してやってくれんかね。
二三子　モスクワまでは七千キロですってね……
セキ　お芝居は劇評を読んだって、わからん。実際にこの目で見たいんだよ。
二三子　ネルの下着を買わなきゃね。……モスクワ、寒いんでしょう？
人形　いいや、ロシアのアバンギャルド芸術は、今、熱く燃えていますよ。

セキ、驚いて振り返る。
背後に等身大のメイエルホリトの人形（女3）。

セキ　マエストロ・メイエルホリト……。
人形　モスクワで私と一緒に芝居をしよう。
セキ　しかし……
人形　リアルな生活や平凡な人物が登場することによって、舞台が客席のところまで、降りてきてしまった。ギリシャ劇にも、シェークスピアの芝居にも、中心にヒーローがいる。ところがチェーホフの芝居では、客席にいる女房の愚痴にへきえきしながら自分の理想を失って老いて行く観客席にいる観客そっくりの人物、ウェルシーニンやイリーナが舞台を占領してしまった。しかし、観客は今や、新たなヒーローの登場を心待ちにしている。心情の演劇はもうたくさんだよ。セキ、モスクワへお出で。
セキ　はい。
人形　フミコ。セキを前衛演劇のメッカ、モスクワに来させてはもらえんかね。
二三子　……。

刑事姿の佐藤。

人形の背後で操っていた女、人形を放すと静子。

佐藤　ご本人は、了解してくださいましたか？

静子　はい。あの子も外国に行って頭を冷やせば、まあ、思想と言ったって子供の麻疹のようなものですから。

佐藤　いや、外国に出てくだされば、こんな結構なことはありません。なにしろ、後藤新平先生のお孫さんで、そこらの馬の骨とはちがいますからなあ。手荒な真似もできず困っておったのですよ。

静子　お手数をかけました。

佐藤　それで、どちらに留学なさる？

静子　はい。あの子はフランス語が得意ですから、アメリカ経由でパリーに行かせようかと……

佐藤　フランスかあ……。いいなあ。

二人、消える。

佐野家。

二三子　（セキに）私もセキと一緒に行ったら駄目かしら。

セキ　ええ？

二三子　私もソ連に行ってみたい。

セキ　君は日本の女優だろう。ロシアに来てどうする。ロシア語で芝居するんだぞ。
二三子　だからぁ、一年ぐらいお休みをいただいて……
セキ　そりゃあ駄目です。あなたは「左翼劇場」の主軸を担う俳優でしょう。あなたに与えられた日本での任務があるでしょう。いいや、向こうで落ち着いたら、君を呼ぶよ。きっとだよ。
二三子　（小さな声で）「……生活は流れて行って二度ともう帰らない。あたしたち、いつになったって決してモスクワに行けやしないわ。あたし、知ってる、行けるもんですか……」
セキ　二三子！
二三子　あたしのこと飽きたの？
セキ　……。
二三子　あたしのこと好きでなくなったの？
セキ　そんなことはないよ。お前と別れるのは死ぬほど辛いよ。こんな暗い日本に君を置いて行くのは忍びない。しかし、苦しいからこそ、君には僕たちの演劇を守るという使命があるんだ。わかるね。
二三子　抱いて！

セキ、二三子を抱く。

静子の声　碩さーん、鰻、きましたよ。

二三子　電気、消して。
セキの声　鰻、後でいただきます。
静子の声　鰻、冷えますよお。
二三子の声　ちょっと今、手がふさがってまーす。
セキの声　足もふさがってます。

ドラの音、遠くで鳴る。
紙テープが飛んできて、二三子あわてて拾う。

M－4『港の別れ』(1)

二三子　悲しみガチャガチャ　船が行く
傷口ヒリヒリ空っ風
布団をかぶって泣き寝入り
カサブタ剥がれる陽は昇る

泉子　あんた、馬鹿よ。しがみついても、竜田丸に乗るべきだったのよ。(甲板に向かって) 薄情者！
二三子　……。

甲板にスーツケースを持ったセキが立つ。
モールス信号。

制服（女11） 日本外務省欧米局・特別秘密一八九九号。昭和六年五月八日。サンフランシスコ日本領事。予てより保護観察中の思想犯佐野碩。五月七日、竜田丸にて、合衆国ロス・アンジェルスに向けて出港せり。

汽笛がもう一つ鳴った。
女たちが出てくる。

マレーネ びっくりしたなあ。お祖父さん、伯爵で外務大臣？
二三子 東京市の市長もやってました。
マレーネ そんなお坊ちゃんをどうして貧乏人の私が面倒みなきゃ、いけなかったのさ。
女9 私なんかプラハで、コンサートの切符も、買ってあげたのよ。
二三子 お世話になりました。
ガリーナ あ、やだ、奥様面してるよ。
ウォルディーン メヒコにたどり着いたときは、乞食みたいだったけどねえ。
女10 結婚して何年だったの？

二三子　足掛け三年です。
イボンヌ　結婚して三年目の嫁さん置いて日本を出てったの？
二三子　はい。
メアリー　で、次に会ったのは何年後なの？
二三子　それっきりです。
女11　それっきりですかぁ？
二三子　セキはどうしてもメイエルホリトの弟子になりたかったんだと思います。
ウォルディーン　偉いわねえ。旦那さまを外国にやって、一人でお留守番。
二三子　島村抱月だって小山内薫先生だって、当時の指導者はみなさんヨーロッパで勉強なさってきた。その間、奥さまは日本で待っていらしたの。
女7　あたしには、とってもできないね。
二三子　どちらにしても、日本にいたら刑務所に入るか、戦争に出るかしかなかったんです。
女12　いくつの時だったの？
二三子　二十六でした。
ウォルディーン　私だってその頃のセキに会ってりゃさ。

いつの間にか長いテーブルが用意されていた。
席に着く女たち。食事を始める。

マレーネ　そう、あの人はソーセージでもジャガ芋でもなんでも食べた。
女8　なに、これがロシアのブドウ酒？　飲めたもんじゃないね。
ガリーナ　セキは全然文句を言わなかったわ。
イボンヌ　こうやってあんたたち見てると、セキにゃ、女の好みなんてありゃあしなかったとしか思えないね。

暗闇の中にセキが足を引きずりながら出てきた。

M－5『許しておくれ』(1)

許しておくれ
若かりし俺のことを
この世界でたまさか
触れ合った小さな愛が
どれほど大切なのか
気づかなかった
いつもそう
明日それに初めて気づく

迷い子の今
許しておくれ
若かりし俺のことを

3

暗い中から、アナウンスが聞こえる。

アナウンス No. 8, No, 21, No. 45, No. 58, No. 66, No. 68.

眩いばかりのハリウッドのスタジオに並ぶ美女。作り物の撮影キャメラとフィルム。
メアリー、出てきて女たちと歌う。

M－6『カモナ・マイ・ステイツ』(1)

女たち ヘイ、カモナ、マイ、ステイツ
ウェルカム、トゥー、ハリウッド

メアリー 砂漠に花咲くハリウッド！

(台詞) ウェスタン・ドリーム

メアリー 年中、青空、雨知らず

(台詞) クランクインOK

女たち シネマの天国みなおいで

女たちが踊る。

セキが映画のスタッフたちに紹介される。

次々、握手をするセキ。

女たち　ヘイ、カモナ、マイ、ステイツ
　ウェルカム、トゥー、ハリウッド
メアリー　空が晴れ晴れ心も
（台詞）　ブルースカイ！
女たち　ある朝目覚めて大スター
（台詞）　チャップリン、クララ・ボウ
女たち　一攫千金夢じゃない

セキの声　アメリカ・西海岸より。一九三一年六月三十日。

合衆国は二年前の経済恐慌からまだ立ち上がれないでいる。そんな中でも、アメリカ人はエネルギッシュで底抜けに明るい。ロサンジェルスでは、千田是也の兄貴の伊藤道郎が、ダンススタジオを開いているのでアーティストに友達ができた。

ボブ（女4）　センキュー。次に名前を呼ばれた方はお疲れさま。スーザン、イライザ、アン、マリー。

呼ばれた女たち、がっかりして去る。

女4 残った君たちは、ランチの後で今わたす台詞を聞かせてもらう。いいか、映画はな、トーキーの時代だ。

事務員が、タイプされた台詞の抜き書きをわたし、受け取った女たちは、去る。

セキ、歩いてくると、メアリーにぶつかる。メアリーの抱えていた紙袋の中身が飛び散る。

セキ ああ、すみません。（拾おうとしゃがむ）ああ！　割れちゃったかな。

メアリー （同時にメアリーが拾う）

そこで、メアリーが歌った。

メアリー 酒飲み泣かせの禁酒法
（台詞） ホワッタ・カントリー
メアリー スターは夜ごと作られる
（台詞） グレタ・ガルボ、ミスタンゲット
メアリー ベッドか賄賂かブランデー

セキ　ブランデーですか。
メアリー　（泣きながら）私、踊りで食べて行きたかった。
セキ　それなら、ハリウッドより、ブロードウェイだろう。
メアリー　ニューヨークは遠いわ。
セキ　モスクワよりはずっと近いさ。
メアリー　フフフ。あんたチャイニーズ？
セキ　ノー！
メアリー　インディア？
セキ　ノー！　他にアジアの国知らないの？
メアリー　ジャパニーズにしちゃあ英語がうまいもの。ジャパニーズなの？
セキ　……ノー！
メアリー　じゃどこの国？
セキ　テセニラハ。
メアリー　テセニラハ？　どこにあるの？
セキ　ジャパンよりずっと遠いんだ。
メアリー　いい国。
セキ　もちろん。ヴィザもパスポートもないし……。

メアリー　ふーん。
セキ　お金ってもんもない。
メアリー　ええ、じゃあ困るわね。
セキ　どうだい、一緒にニューヨークへ行こうよ。
メアリー　行きたいけど、お金、ないもの。
セキ　！（じっとメアリーを見る）
メアリー　どうしたの？
セキ　俺は、足も悪いが頭も悪い。
メアリー　なにさ？
セキ　てっきりアメリカ人はみーんな金持ちだと思い込んでた。
メアリー　でも、お金持ちになれるかも知れない。
セキ　スターになればね。この自由の国には、人生を台無しにする自由もあるわけだ。よし、僕がニューヨークまでの旅費を出してあげよう。
メアリー　（動かない）
セキ　どうした？
メアリー　ママが知らない人の親切は危ないって言ってたもの。
セキ　よし。じゃあ今からママの所に行こう。僕がギャングじゃないことを納得してもらう。
メアリー　ママなんていない。あたしがハイ・スクールを出たとき、イチゴ農場へ出稼ぎに来た男と出て行っちゃった。

セキ　じゃあ、パパとだ。ニューヨークへ連れて行って。

汽車の汽笛。
突然、ジャズが鳴り響き、ニューヨークのクラブになり、踊り子たちが繰り出し、酒の密売人、娼婦を演じる。女4の歌とメアリーの踊り。
ブロードウェイ劇場柿落とし公演
〈THE NEW YORKER〉

M－7『カモナ・マイ・ステイツ』(2)

女たち　ヘイ、カモナ、マイ、ステイツ
ウェルカム、トゥ、ニューヨーク
メアリー　朝まで踊ろうガイズ&ドールズ
(台詞)　I love NEW YORK！
メアリー　世界で一番高いのは
(台詞)　エンパイヤ・ステーツ・ビルディング
メアリー　株ですったら飛び下りろ

女たち　ヘイ、カモナ、マイ、ステイツ
ウェルカム、トゥ、ニューヨーク
メアリー　朝まで飲もうよ　ガイズ&ドールズ
（台詞）　I like Boubon Whisky!
メアリー　一番儲かる商売は
（台詞）　アルカポネの密造酒
メアリー　バレンタインの贈り物

女たちの踊りがストップする。
監獄の鉄扉が閉まる音。

静子　朝日新聞の劇評で「主人公の志村夏江に扮する平野郁子氏の人物が実に、現実的な存在を示した」と絶賛されましたが、昨日、その二三子さんが本番中に、衣装を着たまま逮捕されました。
二三子　私と一緒に小沢栄太郎さん、沢村貞子さんたちも逮捕されました。でも、翌日からは細川ちか子さんが台本片手に夏江の代役を勤めてくれているそうです。演出の杉本良吉さんは初日に検挙されそうになったのを劇場中を逃げ回り、楽屋の窓から「諸君！　さようなら！」という言葉を残して地下に潜りました。

人込みの中を新聞の売り子が声を枯らす。

売り子 チャイナとジャパン、戦争開始！ チャイナとジャパン、戦争開始！

ダンス・スタジオ。
バーに摑まって、稽古をしているタイツ姿のメアリー。
英文タイプを打っているセキ。

セキ おめでとう。アポロ劇場の出演が決まったって……

メアリー ありがとう。でも、まだコーラスラインだから。

セキ ともかくアパートが借りられるようになっただけでもよしとするさ。

メアリー 次は演出家セキ・サノのブロードウェイ、デビューね。

セキ ははは。ここで僕が仕事をするのは無理さ。

メアリー どうして？ 今度の「シアター・アーツ・マンスリー」の日本の演劇の紹介、読んだわ。あんた英語上手になったよ。

セキ 僕はこの国では芝居はしない。

メアリー どうして？

セキ この国は素晴らしい国だ。親父が移民だろうが乞食だろうが、金さえあれば息子に立派な教育を受けさせることもできる。

メアリー　お金さえあれば、幸せだって買うことができる。

セキ　でも、芝居を売るのはご免だよ。

メアリー　どうして、お芝居だって働くことよ。

セキ　そう。だから君の出る『ジョージホワイトのスキャンダル』だって、客受けするマシュマロみたいな作品だ。

メアリー　マシュマロ？

セキ　そうさ。不景気で、十万人のホームレスが道路に寝ているというのに、「人生は一かごのさくらんぼ」冗談じゃない。

メアリー　せめて劇場では楽しいものを見たいのよ。

セキ　君がレストランのウェイトレスをしながら、ダンス・スタジオへ通ってオーディションに通ったことは認めるよ。でもその報酬は、客席にいる人々の深い感動の拍手で十分なんじゃないか？

メアリー　でも、そんならどうやってアーティストは食べていくの？

セキ　ピープルが食べさせるのさ。スターリンは言った。「作家は人間の魂の技師である」ソ連じゃね、作家や絵描きに著作権なんてものはない。だって、そのアーティストをこの世界に生むのは、民衆だからね。

舞台の一隅にメイエルホリトの人形。

人形（女3）　この矛盾に満ちた世界をありのままに表したいという自然主義の運動とともに人間と人間の住む社会を正確に写そうとした。作家たちは、弱い人間というもの、人間の作る醜い社会というものを客観的科学的に観察して、戯曲や小説を書き始めた。だが、世界は、人間は実験室の中の薬品のように定式通りに反応するだろうか？　恋人との一時間とラテン語の授業の一時間とあれは同じ一時間なのか？　舞台を人間科学から解放せよ。演劇に夢と錯乱を取り戻せ。

汽船の汽笛。（ニューヨーク港）

メアリー　どうしても行くの。
セキ　シー、ユー、アゲイン。
メアリー　セキ、セキ。私と一緒にいて。
セキ　メアリー。僕はやっぱり異邦人だ。君とはちがう。

セキ、メアリーにコートを着せてやる。

M－8『エトランゼの国』

メアリー　この国に住むのはみんなエトランゼ

セキ　　　　　　　　　エトランゼは寂しい
メアリー　私の父はダブリンから
　　　　　私の母はワルシャワから
　　　　　ビヨンジ、アトランティック
セキ　　　　　ビヨンザ、パシフィック
メアリー　目指すはあのリバティー・アイランド
セキ　　　　リバティー・アイランドを後に
二人　　　二人はこの町で
メアリー　出会ったの
セキ　　　　　　　別れるのさ
メアリー　この港には百万の異邦人
セキ　　　　　　　　異邦人が来た時
　　　　　　　百万人のインディオが死んだ
メアリー　私は　西を目指して
セキ　　　　僕は　東目指して
メアリー　出会いは　喜び
セキ　　　　　別れの　悲しみ
二人　　　地図を二つにちぎって

この世界は異邦人たちの国
見知らぬ人の住む　エトランゼの国

ドラが鳴った。
革のスーツケースを持って歩いて行くセキ。
シャンソンを奏でるアコーデオンの音。

4

モーリス・ジョベールの『パリ祭』の主題歌が鳴るアパート。
管理人の婆さん（女4）が怖い顔をして立っている。
クロワッサンと新聞を持ったイボンヌ。

イボンヌ　さあ、朝ですよ。起きてください、日本のムッシュー。アレ？
婆さん　イボンヌ。また、変なのを食わえ込んだね。
イボンヌ　食わえ込んだなんて……。
婆さん　東洋人だろ。
イボンヌ　日本人よ。
婆さん　さかりのついた雌猫みたいなもんだ……
イボンヌ　私が誰と仲良くしようが私の勝手でしょ。
婆さん　でもね、私ゃあんた一人分の家賃しか貰ってないよ。二人分の家賃を払ってくれるなら何にも言わないさ。
イボンヌ　とにかく十フラン払うわ。
婆さん　（受け取って）夜中に大声を立てるのだけは勘弁しておくれよ。

去って行く。
イボンヌはコーヒーを沸かす。
女たち出てくる。

二三子　ルネ・クレールの『パリ祭』は一九三二年かあ。
メアリー　イボンヌ。セキはパリに十日しかいなかったんだろう。どうして知り合ったのさ。
イボンヌ　モンパルナスの国際芸術家同盟の事務所で会ってさ。日本人なんて珍しいだろ。それがやたらフランス語がうまくてさ。あたしは浮世絵なんかの話聞きたかったのに。

セキ、出てきて、ネクタイをする。

イボンヌ　あいつは、労働者の国際会議の話ばっかりでね、カフェーが閉まる時間になって、今日はどこ泊まるのって聞いたら、どっか安いホテル知らないかって言うだろ。
ウォルディーン　それで、私んとこくればって言ったわけだ。
イボンヌ　ところが居候の癖に、説教が多くてね。
マレーネ　あんたんとこでもそうだった？
イボンヌ　全世界の労働者の連帯っていうけど、私は人間が群れになるのが好かないの。私は私、あんたはあんた、ほっといて欲しいのよ。

セキ　アジアやアフリカに植民地を持って豊かに暮らす帝国主義の国に住んでるからこそ、個人の自由なんて言ってられるんだ。ルーブル美術館にあふれる美しさはインドシナ人の汗の匂いもしない。しかし、早朝のモンマルトルの街路でゴミ掃除をしてるのはアルジェリア人ばかりなのは見えてる筈だ。お前さん方の自由なんて、砂上の楼閣さ。（レインコートを着て、メモを書く）

イボンヌ　また、お説教？

セキ　いいか、今のパリには自由と平和が満ちあふれてる。しかし、ヨーロッパ列強はまた植民地の再分割を始めるよ。

イボンヌ　サイブンカツ？　むずかしい言葉使わないでよ。

セキ　植民地の取り合いから、また世界中が戦争になるんだよ。

イボンヌ　まさか。前の戦争でヨーロッパの人間は、コリゴリしたわ。戦争が終わったとき、パリの町じゃあね、こっちの家からあっちの家から人たちが飛び出してきてみんなで抱き合って、平和がどんなに貴いものか骨の髄まで知ったのよ。……あんたたちみたいな政治主義者がアートを詰まらなくするのよ。あら（見回す）ねえ、コーヒー入ったわよ。

そこで、テーブルの上のメモを見つける。

セキ　イボンヌ。知らない町で、こんな親切を受けるとは思わなかった。楽しいパリの四日間をありがとう。楽しかったよ。

セキ、敬礼して出て行く。

イボンヌ　やい。そりゃあないだろ。一宿一飯の恩義って言葉は日本語にはないのかい？

女たち、出てきた。

イボンヌ　ね、これよ。薄情な奴なんだから。
メアリー　で、たった四日で出て行っちまったの？
イボンヌ　帰って来るかと思ってたから、パンもカチカチ。
メアリー　あれ、どういうんだろうね。なんか判らないんだけど、世話見たくなっちゃう奴だと思わない。
ウォルディーン　強引なの。ともかく押しの一手なんだから。

汽車の汽笛と列車音。
ポスターの張ってある壁の前を歩く革のスーツケースのセキ。

セキ　二三子。アトランティック号は無事、ルアーブルに到着。パリで、こちらの組織と連絡を取り、これからベルリン行きの国際列車に乗るところだ。

新聞売り子が「マルク大暴落」と叫びながら、菜っ葉服の労働者たちに新聞を売る。

セキ　千田是也君はドイツ人のイルマという奥さんをもらってゲオルグ・カイザーの芝居に出演している。それで、イルマさんのお母さんの家に下宿して、国際労働者救援会の仕事をしている。

キャバレー「アルカザル」のネオンがつく。

半裸の踊り子たちが軍隊外套を着てけだるく歌った。

M－9『私のせいなの』

マレーネ　Haben sie ein Zimmer frei

fu heute Nacht?

二人越えて来たラインの橋もボッキリ

津波のせいなら直しゃいい

労働者たちがヘルメットをかぶり、ハリボテの大砲を押し出してくる。隊長が「Schiesen!（撃て）」大砲の音。

マレーネ　（指さして）
あんたが町を焼いたのだもの
あたいの望みもボッキリ
ため息ついても仕方がないよ
萎びた心を私に預けて
今夜だけでも愉快に過ごそう

女たち、軍服を脱いで下着姿になる。
マレーネが客席にいるセキの首に手をかけて歌う。

マレーネ　Haben sie ein Zimmer frei
fu heute Nacht?
あの日戯れたベッドに穴がボッカリ
地震であいたなら　ふさぎゃいい
隊長　Schiesen!（機銃の音）
マレーネ　私が穴を開けたのだもの
あんたの心がポッカリ

　　クヨクヨしたって始まらないよ
　　明日のことなど知っちゃあいないさ
　　今夜ばかりは踊って明かそうよ

二人、踊る。
新聞売り子が「シュピーゲル」と寒そうに叫ぶ。

マレーネ　前の戦に敗れて私たちは、くすんだ日常に飽き飽きしてるの。昨日の続きのような今日に退屈してるの。
セキ　この町には、失われた夢を探す人たちで一杯だ。
マレーネ　どうしたの？
セキ　（新聞を見せて）ほら、チャイナで大洪水。二百万人が被災したって。
マレーネ　チャイナの洪水、大変。でも、仕方ないじゃない。
セキ　（怒鳴る）どうして、そういうふうに言えるんだ。家を流され両親を失った子供は明日からどうやって生きるんだ。
マレーネ　そうね。
セキ　ああ、駄目だ、駄目だ。俺はなんにもしてやれない。
マレーネ　（怒って）いい加減にしてよ。そんな災害はこの地球のどっかで毎日起こっているわ。それでいちいち胸かきむしられていたら、生きていけないわ。

セキ （悶絶して）俺が異常なのか？　目の前で小鳥が殺されれば、涙を流す娘さんが、遠くで起こる災難には平気だ。汗水垂らして働いた田畑を荒らされた農夫の顔が見えないかい。

マレーネ （優しく）あんたみたいな人に初めて会ったわ。

セキ どうして、僕たちには何もできないのだろう。

マレーネ ドイツはね。まだ戦争の瓦礫の中で呻いているの。そこへもってきて世界恐慌。ひとのことなんかかまってられないの。

セキ だから、革命が必要なんだ。

マレーネ 去年の総選挙で第二党に進出したナチス党も、それから共産党も、改良ではなく、革命を主張してるわ。

セキ 人類すべての幸せより、民族の幸せのほうがわかりやすいからなあ。

M－10『幻が生まれる』(1)

セキ
あの雨垂れの音が
過ぎゆく人生を刻む
たまさかすれ違ったこの微笑み

マレーネ
二度と帰らぬ時を過ごす二人

二人
このめくるめく愛におぼれていたい

セキ　刺激的な街だ。歴史の動く軋み音がするよ。ほら、聞こえるだろう。

マレーネ　でも、あんたは私をこの町に置いて、モスクワ行きの汽車に乗る。どうして?

遠く汽車の汽笛。

セキ　イタリアに起こった未来派、ドイツの表現主義。ロシアのフォルマリズム。ヨーロッパの二十年代はこの世界の、人間の視えにくいところを拡大して見せてくれた。だが、君たちの繊細な音楽、不安の哲学、暗い夢の数々は文明という病に侵されている。

ドイツ語のアナウンス。

5

沸き上がるインターナショナルの響きとともに各国の国旗が振り落とされる。

セキ　二三子、僕は三人姉妹がついに行けなかったモスクワに辿り着いた。赤の広場では全世界から集まった労働者の代表が、十五回目の革命記念日を祝って盛大なパレードを行っている。僕は昨夜憧れのメイエルホリトが演出したマヤコフスキーの『南京虫』という芝居を観た。低俗な現代のロシア人がただ一人、五十年後の世界で蘇生するという奇想天外な芝居。

国旗が上がると、国際演劇連盟の事務局。
女たちが働いている。
各国語が飛び交う事務室で、一人震えながら手紙を書くセキ。
婆さん（女1）がセキにまとわりつく。

セキ　この芝居は、どうしようもない現代のロシア人の生活をリアリズムで、そして主人公が蘇生した五十年後の地球共和国同盟の世界をフォルマリズムの方法で描く。鬼才メイエルホリトです。
婆さん　ねえ、外国のお方、ウオツカを一杯、恵んでくれんかね。
セキ　（首を振る）

婆さん　あんたの国にいい人が待っているのじゃないかい？

そこへ、軍服のような外套のガリーナ登場。
婆さんを追い払う。

ガリーナ　Извиниче пожалуиста.
セキ　アアア、ガスパジーナ、ボリソワ？
ガリーナ　Да. Я Галина. Вы СЕКИ-САНО?
セキ　ダァ。ヤー、セキ。
ガリーナ　Здраствуйте!
セキ　ズドラストブーイッチエ！
ガリーナ　あら、ロシア語できるんですね。
セキ　ニェット、ヤー、ガバリュー、トーリコ、フランツスキー。
ガリーナ　じゃあ、フランス語で話しましょう。私はガリーナと申します。あなたのこちらでのお仕事のお手伝いをすることが私の任務です。どうですか、この国に住んでみて？
セキ　とても満足していますって、どう言いますか？
ガリーナ　Мне очен Нравиться!
セキ　ヌラービッツァー。

ガリーナ　あなたは、劇場で働きたいとのご希望だとか。

セキ　ええ。（丁寧に）私はИＡＴＢの書記局の仕事が大切なことは承知しています。しかし、私は日本で演劇の演出をやってきました。せっかくソ連邦に来たのですから、劇場で働きたいのです。

メイエルホリトの人形がものすごく大きくなって、泉子と二三子が操る。

人形　「パンだけではなく見せ物を求めている大衆は、頭だけでなく、彼等の心をとらえる芝居に惹かれるのだ。だから、これからの俳優は、人間の日常生活の感情や動作をありのままに演じる俳優術だけでなく……」

二三子　（本を読んでいる）「オペラ歌手のように歌い、ダンサーのように踊り、体操選手のように跳び跳ね、軽業師のように身をこなし、道化師のように観客を笑わせなければならない」……軽業師のように……。無理だ。

セキ　あなたは僕がメイエルホリトの劇場へ行くことに反対ですか？

ガリーナ　私は、あなたが、こちらで何をすべきか助言はいたしますが、最終的に決めるのはあなたです。

セキ　ありがとう。それで、どれほど費用がかかりますか？

ガリーナ　費用？

セキ　つまり……。私はメイエルホリトの劇場で勉強するわけですから、アパート代とか……。

ガリーナ　あなたはなんか誤解なさっているのじゃありませんか？　あなたは今からわが国の劇場で働こうという芸術家でしょう？　わが国は、芸術家の生活は国家が面倒を見ます。

外から「インターナショナル」の旋律がかすかに。

セキ　ハア。しかし、私はソ連邦の国民ではありません。
ガリーナ　ソ連邦の国民じゃない？　あなたは世界の労働者の団結を歌った「インターナショナル」の日本語訳をつけた方だと聞いていましたが。
セキ　はい。
ガリーナ　ソ連邦には、どこの国にもある国歌がありません。だってこの国は世界の労働者の祖国なんですから、国歌の代わりに我々は「インターナショナル」を歌います。我々の任務は、人類全体の生活と文化の向上にあるのであって、過渡的な国家、ソ連邦の利益のためだけに働くのではありません。
セキ　はあ。（あっけにとられている）
ガリーナ　ご不満ですか？
セキ　とんでもありません。ただ私はあまりの感激に……。つまり、私は、国家が芸術家をひどい目にあわせる国で育ったものですから、とても信じられないのです。
ガリーナ　我々の目標はこの地球の上から国境をなくすことでしょう？

セキ　はあ。しかし、僕はまだロシア語ができません。音楽やバレーならいざ知らず、演劇というのは言葉を使う芸術ですから。

ガリーナ　ですから、党はあなたのロシア語を手助けするために、私を選んだのです。もちろん、あなたが私以外の人間をお望みでしたら、別の人材を用意しましょう。

女たち、掃除をサボってタバコを吸い出す。

セキ　いえ、そんな。私、誤解してました。

ガリーナ　（掃除婦に）У вас есть иголка!

掃除婦　Сейчас.（立っていく）

ガリーナ　誤解？

セキ　党の国際文化部の方がいらっしゃると聞いて、もっと……つまり太っていて。

ガリーナ　分厚い眼鏡かなんかかけた官僚がくると思っていた？

セキ　はい。

ガリーナ　私のこと気に入ってくださった？

セキ　はい。気に入るというのはなんと言いますか？

ガリーナ　ヌラーヴィッツアー！

セキ　ヤー、オーチェニ、ヌラービィッツアー。

ガリーナ　O, Молодец!　あなたはすぐうまくなるわ。メイエルホリトの劇場で働けるように、協会に許可を取ってみましょう。

セキ　スパシーボ、ワム！

掃除婦、針箱を持ってくる。

ガリーナ　（掃除婦に）Спасибо.（セキに）コートを脱いで。

セキ　ええ？

ガリーナ　これからあんたと踊りに行こうと思っているんだけど、上着のボタンが取れかけているわ。

セキ　ダンスですか？

ガリーナ　ダンスなら言葉は要りませんもの。（ボタンを付け出す）

セキ　しかし、私は足が悪くて……。それで俳優になるのを諦めたのです。

ガリーナ　観客に見せる踊りじゃない、二人のための踊りならいいでしょ。

セキ　スパシーバ。バリショイ、スパシーバ！

曲がタンゴに変わって、人々、踊り始める。

ガリーナ　今年の春、マキシム・ゴーリキーがイタリアから帰国、同志スターリンはとても喜んで、彼は作家同盟の議長になりました。ところがメイエルホリトときたらゴーリキーが大嫌い。私はあなたにモスクワ芸術座をお勧めします。

セキ　カオル・オサナイという日本の演出家は「モスクワ芸術座」の『どん底』のスタニスラフスキー演出をすべてノートに書き写して日本に戻り、ツキジ・マールイ・チアトルで上演しました。それで、日本の現代演劇はリアリズム一辺倒となりました。しかし、舞台表現の多様な可能性を探るメイエルホリトの演出の噂を聞き、ぜひとも実際に見てみたいと思ったのです。

ガリーナ　あなたは、メイエルホリトが演出した『南京虫』、ごらんになりました？

セキ　先週やっと切符が手に入って。醜い現代のリアルな舞台装置が未来の理想社会になると構成舞台に一転する。僕は演劇の表現方法は無限の広がりを持ってるんだって思いました。

ガリーナ　五十年後の世界をあなた想像できる？　一九八〇年よ。飢えてる人なんて一人もいなくて、世界中に政治的弾圧なんかなくて、みんながみんなのために働く素晴らしい世界がきてるの。……でも、マヤコーフスキーとメイエルホリトの描いた五十年後は、現在の消費的な資本主義国の退廃的な文化に埋没してるわ。

ジャズ風の音楽が始まる。
そこで、踊り子たちがチャールストンを踊り出す。

セキ　でも未来の場面の音楽に起用したショステとかいう若手作曲家、あんな音楽がこの国で聞けるとは思いませんでした。

ガリーナ　（意地悪く）へーえ、ショスタコーヴィチが。あれはアメリカの退廃音楽。あれが人類の未来とお思いですの？

セキ　たしかにジャズの影響のある音楽でしたが……

ガリーナ　あの芝居は、軽薄な今時の若者たちに評判だったけどね。でも現在、世界は文化を滅ぼす国との熾烈な闘いを……。わが国の現状を『どん底』のように描いている『南京虫』を批評家たちは、現代の醜悪な部分を誇張したと非難したの。

セキ　でも、綺麗ごとでなくソ連邦の現実を描くことも……。

ガリーナ　そう、たしかに今のロシアはまだまだ貧しい。市場には腐りかけた肉や鮭、一部屋に二つの家族が住んでいる現実、役人は威張っているし、南京虫のような不潔な酔っ払いがウヨウヨいる。でも、悲観的になっちゃあいけないの。もっと悲惨な帝国主義の国がたくさんあるんだもの。

音楽と踊りが突然、止まって、踊っていた二人凍りつく。
牢獄の鉄格子。そこから担架で担ぎ出される遺体。

二三子　昨夜、小林多喜二さんが築地警察で拷問の上、殺されました。私は外出禁止の身ですが、もういても立ってもいられなくて、阿佐ヶ谷のお宅でのお通夜に伺いました。石膏で多喜二さんのデス・マスクを取っておられた千田是也さんに、私はこれから何をすべきか聞きました。圀さんは、とっても優しい声で、僕たちはしばらくじっとしていたほうがいいと言われました。私たちはこの日本でじっと息を詰めながら、あなたのいる働く者のユートピア、ソ連邦のことを夢見ています。

一人、手紙を読んでいるセキ。

ガリーナ （出てきて）メイエルホリトがあなたに会いたいって。
セキ 本当ですか？

そこへ、メイエルホリトの等身大の人形。

人形 やあ、はるばる日本からようこそ。
セキ ……（ピョコンと頭を下げる）お会いできて光栄です。フセボロード・エミーリエビッチ。
人形 どうしました？
セキ いえ、もっと大きな方かと思っていましたから……
人形 あなたが私の劇場で働いてくださると言うのですね？
セキ お邪魔でなかったら、勉強したいと思って……
人形 いやいや、私のほうがあなたに学びたいんです。

セキ　私に？
人形　日本の劇場には、ハナミチと呼ばれる通路が客席に通っていますね。
セキ　はあ。
人形　あの橋は、どのようなときに使われますか？
セキ　劇のヒーローが印象的に登場したり、退場したりするための道です。
人形　その道は客席の後ろから始まりますね。
セキ　はい。
人形　ということは、客はヒーローの登場を見るために客席で後ろを見なければならないわけですね。
セキ　はい。揚げ幕という花道の入口がバシャっと開く音を合図に、客は後ろを見るんです。
人形　つまり、人物が世界に表れた瞬間を強調するわけだ！　日本の伝統的な演劇カブキでは台詞は韻律で語られ、重要な場面になると音楽が始まり、台詞が歌になると聞いています。
セキ　はあ……。
人形　私は、いろいろな民族が長い時間をかけて作り上げてきたフォルムを学びたいのです。
ガリーナ　フセボロード・エミーリエヴィッチは、イタリアでは、コメディア・デラルテの手法を、フランスではパントマイムを学んで演出に取り入れています。
人形　今年の春、中国からきた梅蘭芳に京劇の手法を学びました。で、次のグリボエドフの作品では、京劇の表現形式を使おうと思っています。日本演劇のフォルムを教えてください。
セキ　困りました。日本ではMEIJIと呼ばれる王政復古のとき、旧来の歌舞伎フォルムはヨーロッパの近代演劇に劣ったものとして、私たちは新劇運動を始めたのです。

人形　人類はどんな所でも、演劇や舞踊のフォルムを数百年にわたって熟成させてきました。この世界や人間の姿を誇張して表現するフォルムは人類共通の財産なのです。

セキ　はあ。

人形　では、稽古場でお会いしましょう。

セキ　マエストロ！

人形がクチャッと潰れた。

＊

雨垂れの音。

与えられたアパートでタイプを打っているセキ。

ガリーナが分厚いコートを着て入ってくる。

セキ　あれ、本日のロシア語初級講座は四時じゃなかったですか。

ガリーナ　Я купила пирожки.

セキ　ピロシキか。スパシーバ。実は、日本に送る原稿が書けなくて、朝からなにも食ってない。

ガリーナ　じゃあボルシチを作ろうか。

セキ　でも、そんなこと君の任務じゃないだろう。

ガリーナ　（ニッコリ笑って）人は任務だけで生きているわけじゃないわ。（台所に行きながら）今日のあなたの任務は？。

セキ　日本へ第一回作家大会の報告。

声　今回、プロレタリアート芸術の正しい表現方法は社会主義リアリズムと決定されたから、日本の同志諸君も今後、私の指令に従うようにって？

　　セキ、歩き回る。

ガリーナ　「社会主義リアリズム」が正しくて、メイエルホリトは間違っているって書くの？

セキ　……。

ガリーナ　あなた、メイエルホリトの新作『最後の決戦』に感動したんでしょう？（台所に行く）

セキ　あの芝居には脈絡のないいろんな要素が混在していたが、バーレスク風のスケッチ場面、低俗なコメディーのパロディー、意識的に使われたメロドラマ、そしてスペクタクル。誰でもが楽しめる要素をたっぷり盛り込んで、最後の場面で客席に向かって機関銃の空砲がうなりを上げ、インターナショナルが響き渡る。舞台の表現の可能性がこんなに豊かだったのかって、僕は、この仕事をしていてよかったと心底思ったよ。

ガリーナの声　（麗らかに）でも、あれが社会主義リアリズム？

セキ　だから、……報告が書けないんだ。

沈黙。

ガリーナの声　あんた言ったでしょ。リアリズムには限界がある。リアリズムでは描けない世界がこの世の中にあるって。だから、フォルムを追求するメイエルホリト劇場で働きたいって言ったんでしょ。

セキ　しかし、ソ連邦作家会議が正式決定したんだよ。フォルマリズムはプロレタリアートと無縁だって。

ガリーナの声　あなたは、日本に、ソ連邦作家会議が決定したんだから従えって命令するの？

セキ　コミンテルンは世界共産主義運動の中心だよ。

ガリーナ　日本でもお芝居はゴーリキーのように書かなきゃあいけないの？　オペラはリムスキーコルサコフ、絵はレーピンの真似をするの？（皿を持って出てきて）音楽はチャイコフスキーのように……チャンチャンチャンチャーン、チャチャチャーン（とピアノ・コンチェルト五番を口ずさむ）はい。「社会主義的晩餐」の出来上がり。

セキ　ねえ、僕が社会主義リアリズムの作品がわからないのは、僕の中にブルジョワ的な美意識が残っているからじゃないか？

ガリーナ　フフフフ。ならば聞くけど、私は資本主義国の人間とどっかちがう？

セキ　そう。君に会って、そう思った。なんだ。同じ人間なんだって……。悲しいときは泣くし、官僚的な役人も、その胸に飛び込めば、温かくて情にもろい僕たちと同じなんだって。（ボルシチをすくって食べて）うまーい。

ガリーナ　資本主義的に美味しいの？

セキ　ウーン。

ガリーナ　時には日本のご飯が食べたくなるでしょう。

セキ　いや、僕は食べ物は現地調達主義なんだ。

音楽が忍び寄り、女たちが顔を出す。

ガリーナ　（セキの鼻を指して）鼻は一つ目は二つ。Нос один. Два глаза.

セキ　ノス、アジーン。ドバア、グラーザ。

ガリーナ　Хорошо!（セキの唇をさして）Что это?

セキ　エータ、グバア。

ガリーナ　唇は二つあるでしょ。だから複数でгбе.（頭を指して）Что это?

セキ　エータ、グラバー。（ガリーナの頭を指して）何を考えている？

ガリーナ　（セキの手を取って）Я хочу вас.

セキ　（ガリーナの胸を指して）Как назывеши?

ガリーナ　Это грудь.

セキ　グルーヂってのか。

ガリーナ　あなた、現地調達は食べ物だけ？

女たち、覗き込む。

セキ　いけない！（と、手をひっ込める）

ガリーナ　どうしたの？

セキ　つまり……。僕に対する同情からじゃ嫌だ。

ガリーナ　同情？

セキ　日本でも、コロンタインの『赤い恋』が翻訳された。

ガリーナ　Красная любови, フッフッフ。革命のために闘う同志の欲望を満たすためにセックスするコミュニスト女性。お笑い種よ。ねえ、私、日本の女とどっか違う？

セキ　（ガリーナを見つめる）

ガリーナ　実際に革命を経験したロシア人に出会ってみると、だらしなくてスケベエなんで驚いたんだ。あんたへの同情からじゃないわ。スカジーチェ、ヤー、リュブリュー、チェビャー。

セキ　ヤー、リュブリュー、チェビャー。

ガリーナ　ヤー、トージェ、リュブリュー。（セキの手を胸に入れて）Как назывеши？

セキ　ヤポーンスキー？　おっぱい。（まさぐって）シトー？
ガリーナ　Эmo cocok.
セキ　サソック。

M－11『幻が生まれる』（2）

セキ　この柔らかな肌が
生きてる命の証し
世界に一つだけのこのぬくもり
ガリーナ　かけがいのない愛をくれるあなた
二人　この幻の時よ止まっておくれ

突然、ガリーナを突き放す。

ガリーナ　どうしたの？
セキ　だれかに見られているような気がする。
ガリーナ　かまわないわ。

女たちがドアから覗き込んだ。

メアリー　あーあ。また始まっちゃったわ。
イボンヌ　アーアー私にしたことと同じことしてる。
マレーネ　あの人、いつもああして何かから逃げてたんだ。
メアリー　ねえ、ねえ、ロシア人てさあ。
イボンヌ　なになに？
ウォルディーン　ねえ、フミコ、日本にいたときからこうだった？
二三子　いいえ、あまり女の噂は……
メアリー　（覗いて）……ったく！　なんとか邪魔してやろうよ。

マレーネ、ベルを押す。

ガリーナ　どなた？（と、出てくる）

家政婦姿の、マレーネ、手紙の束を渡す。

ガリーナ　（手紙をセキに渡して）あなたにお手紙。
セキ　ほう？

ガリーナ　はい。こっちはニューヨークから。

ジャズの調べとともにメアリーが浮かんだ。

メアリー　ルーズベルト大統領はアメリカの星です。

M－12『カモナ・マイ・ステイツ』(3)

メアリー　ヘイ、セキ
I got big news !
Back to the states
In New York
禁酒法はおしまい

メアリー　十四年にわたる気違い沙汰が終わり、私たちはブランデーで乾杯です。早くニューヨークに帰っておいでよ。

セキ　楽しそうだな。マンハッタンは?

メアリー　ええ、最高よ。

マレーネ　セキ、セキ。聞こえますかぁ？
女9　不健全な本を子供の目に触れさせるな！
マレーネ　私の本を返して！
女10　ユダヤ人の書いた不潔な本をのさばらせるな。
女11　アカの書物を焼け！　マルクスを焼け！
女12　ドイツ的でない書物を捨てろ。トーマス・マンは裏切り者だ！
マレーネ　やめて！
女9　ヘレン・ケラーも害毒だ。ドイツ国家社会主義党万歳！
女12　アインシュタインはユダヤ人だぞ。
女9　おーい。オペラ広場で、みんな燃やそう。

女たち、去る。

マレーネ　ドイツ国民の九〇パーセントが国際連盟を脱退したヒットラーを支持したよ。私はどうすればいいの、セキ？

セキ、もう一通の封筒を開けた。
二三子、浮かぶ。遠く『東京音頭』。

二三子　叔父様の学さんが、日本共産党の最高幹部の鍋山さんと獄中から転向声明を出しました。その結果、雪崩をうって党員の獄中転向が始まりました。佐野学さんの転向理由は、日本の党がどうしてモスクワの方針のいいなりにならなければならないかということです。……今夜はニコライ堂の十字架に白い月が引っ掛かっています。あなたは今七千キロの彼方にいるんですね。

教会の鐘の音。
セキ、歌い出す。

M―13『バガボンドの歌』(1)

冬に渡り鳥は海を越えて羽ばたき
小鳥のさえずりが春を告げる
　　バガボンド
この地球に国境線を引いたのは誰だ
翼もがれた俺はお前の側に飛んで行けない
　　ボーダレス　ボーダレス
この星の客の中で一番不自由な生き物なのだから

ガリーナ、電話に向かう。

ガリーナ　Я, Г-В-30。今のところ、セキ・サノが外国のスパイだという証拠はありません。ただアメリカと日本から手紙が来ました。はい。叔父マナブ・サノがコミンテルンを裏切った手紙は読んでいます。どう考えるかはわかりません。はい。ですから、今夜は本部には帰りません。

秋に花の種は風に乗って旅立ち
見知らぬ国にさえ花を咲かす
　バカボンド
この地上に国境の柵を立てたのは誰だ
人に生まれた俺はお前の国に飛んで行けない
　ボーダレス　ボーダレス
この星の客の中で一番不自由な生き物なのだから

セキ　（窓の外を見ながら）日本の党組織は壊滅したらしい。
ガリーナ　じゃあもう報告書を送る必要もないわね。どうしたの？
セキ　今夜はあいにくの雨で、月は見えないな。
ガリーナ　三日月の夜には魔女たちが川のほとりで輪になって踊るのよ。

ガリーナ　どうしたの？
セキ　なんて書いてきたかって聞かないのかい？
ガリーナ　（首を振る）
セキ　誰からかって聞かないのかい？

雨垂れの音。

ガリーナ　何を考えてる？
セキ　今夜は、僕の側にいてくれるんだね。
ガリーナ　（微笑んで）そう。今、電話かけてくるから。（出て行く）
セキ　俺のような、この地球の上に居所のない風来坊を。行き倒れになっても自業自得の俺を拾ってくれて……。
ガリーナ　セキ。
セキ　うん？
ガリーナ　あんたという人がここに今、私の側にいるってことがとっても不思議なの……。

二人、歩いて去って行く。
そこで、セキが振り向いて歌った。

M－14『ピカレスク』

どこの街に行ったとて
好きな食い物見つけちゃう
現地調達ピカレスク

どこの国へ着いたとて
好みの女を見つけちゃう
現地調達ロマネスク

罪作りなこ奴の人生
まだまだ続く物語
ここらでちょいとお休みを

去って行く、　セキ。

6

ベルリン・オリンピックの祝典マーチ。
各国の旗を持ってやってくる女たち。

M－15『1936』

ナインティーン、サーティー、シックス
Wie geht es Ihnen?
世界の若人、世界の若人、集まった

それが影絵になると、兵士たちの行軍になった。

女たち　ナインティーン、サーティー、シックス
ウォルディーン　世界の若人、世界の若人、鉄砲持った

銃声。白い布の真ん中に赤い血が滲んだ。

女たち　ナインティーン、サーティー、シックス

二三子　二月二十六日
ユーラシアの東の外れの島国じゃあ
小雪の中で青年将校、青年将校、クーデター

銃声。

女たち　ナインティーン、サーティー、シックス
マレーネ　ジュライ、エイティーン
ユーラシアの西の外れの半島じゃあ
砂漠の彼方でフランコ将軍、フランコ将軍、クーデター

銃声。

女たち　ナインティーン、サーティー、シックス
ガリーナ　アウグスタ、25
ユーラシアの北に位置する大国じゃ
ジノビエフ、カーメネフ、反逆罪で銃殺刑

血が、浸食して、赤旗になった。

*

セキとガリ！ナの新居。
ジェーチカ（女2）が掃除をしている。
セキは、辞書を引きながら雑誌を読んでいる。
袋を下げたガリーナ、入ってくる。

ガリーナ　ああ、重たかった。（と、ビール瓶を出す）
セキ　なんだなんだ？　へえ、ビールかい？
ガリーナ　ビールが飲みたいって言ってたから。一時間も並んだのよ。
セキ　寒かったろう。
ガリーナ　まだまだ、マイナス25度。サドーワヤ街じゃ子供たちが橇に乗って遊んでいたわ。
セキ　鼻垂れ小僧の頃に出会っていたら、君を橇に乗せて喜ばすことができたのに。
ガリーナ　（セキの体をまさぐって）橇で遊べなくなったけど、別な遊びができるわ。
セキ　こらこら。
ガリーナ　（手を取って）私の体が冷凍されたかどうか調べてみない。
セキ　駄目、駄目。原稿が途中だ。

ガリーナ　チェッチェッ。

と、セキ、奥の部屋へ。

ガリーナ　どうだった、今日は？
女2　電話は、メイエルホリト劇場の演出部から一本だけ。
ガリーナ　じゃあ、ずっと仕事してた？
女2　本当に日本人て勤勉。ロシア語もうまくなったし。
ガリーナ　党は、外国のスパイに対する警戒を強めるべきだって。
女2　でも、近ごろのあなた見てると心配になるのよ。あの日本人を本当に愛してしまっているんじゃないかって……
ガリーナ　私、セキのこと好き。愛してる。でも、党から与えられた任務を忘れはしないわ。
女2　あの男、自分の師匠と党の意見との間で揺れてる。
ガリーナ　あの人は、筋金入りのマルキストよ。
女2　でも、インターナショナリストでしょ。スペインの人民戦線でもそうだけど、外国人は国際主義を唱えるばかりで、ソ連邦を守ることを忘れがちだわ。
ガリーナ　シー。

雑誌を持ってセキが入ってくる。

セキ　僕のロシア語は小学生なみだ。

ガリーナ　どれどれ。（雑誌を見る。読んで）「ソヴィエトの女優が革命を逃れて、パリに逃げ出すなんて、存在しないヒロイン、そしてありえない葛藤だ」メイエルホリトの『エレーナ・ゴンチャーロワ』への批判。

セキ　（本を取って）あの台本をもらって、驚いたよ。共産主義を建設の真っただ中にいるソ連邦から西ヨーロッパに逃げ出すような女がヒロインなんて……。

ガリーナ　あなた、今度のメイエルホリトの批判会に出席するの？

セキ　……。

ガリーナ　それとも父なるスターリンと母なるゴーリキーを批判するの？

セキ　……。

メイエルホリトの人形。

ガリーナ　メイエルホリトは言ってるわ。「政治的スローガンにどっぷりの演劇、大衆を啓蒙する目的で作られた感動のかけらもない演劇はたくさんだ」。

女5　「観客に生きていることの喜び、血の騒ぎをもたらすようなテーマ」

女6「物語、人物を舞台に」
女10「舞台に微笑みを、喜びを取り戻せ」
女7「イデオロギーなんて代物はもうたくさんだ」
女5「舞台の上にもっと光を」
女8「音楽を」
女4「芸術を！」

そのとき、巨大な権力者のズボンが見える。
見上げるセキ。

女12「メイエルホリトは資本主義に犯された趣味や享楽に」
四人「埋没しているんだ！」
女7「物質が」
女9「消費が」
四人「人間の生活を豊かにすると思い込んでいる」
女7「だから、資本主義国では」
四人「みんなお金の奴隷になっているのだ」

再び、メイエルホリトが喋り出す。

セキ、仰ぎ見る。

ガリーナ 「そうか。スターリンだって物資を生産すれば、国民は幸せになれると言い、生産力増強のプロパガンダの芝居を作れと我々に要求しているじゃない」

女1 「産業革命が遅れたロシアや日本のような国では、日用品よりまず重工業、そして農業の集団化が必要だ。そんな国に住みながら、西欧並みの消費生活を夢見る奴は裏切り者だ」

権力者、去って行く。

メイエルホリトの足も、去って行く。

沈黙。

ガリーナ （ビールを注ぎながら）ねえ、パリのロトンドってどんなお店？

セキ ありふれたカフェーさ。

ガリーナ あなたに会って、初めて聞いたアメリカやフランスの話。私生まれたときからこのロシアにいて、シャンゼリゼもマンハッタンも知らない。フランスのビールだって飲んだことないんだもの。

セキ ハハハ、フランスのビールは、これとさして変わらん。こうしてグラスの周りに塩を塗り付けなきゃ飲めない。ビールはドイツ。

ガリーナ、女2を見る。

女2 （頷いて）じゃ、あたしはこれで失礼するよ。

セキ ご苦労様。

女2、出て行く。

セキ 今、上演されている芝居がつまらないことは認めるよ。しかし、現実を観察して描き出すリアリズムは……（砂時計をひっくり返す）

沈黙。

ガリーナ 去年、あなたと初めて寝たとき、私が「自分で下着まで全部脱いだって、革命を越えて来た女性はずいぶん大胆だ」って言ったわね。……あんたはなんにも見ていないのよ。観察していないのよ。初めて寝る外国の男に自分の擦り切れた下着を見られたくなかった私の気持ちがわかってないのよ。それでなにがリアリズムよ。

セキ　君は変わったな。
ガリーナ　（セキの手を取って自分の腹に持って行く）あなたに会って。
セキ　おい。
ガリーナ　わからないの？　ここに赤ちゃんがいるの？
セキ　ええ！
ガリーナ　私は考えた。この子が生まれてくるまでになにが必要なのかって。スターリンの農業の集団化でたくさんの自作農が土地を取り上げられて強制移住させられた。たくさんの子供たちが死んだ。
セキ　革命の過程では、そういう不幸なことも起こる。それは、前の時代のつけを我々の世代が支払っているからなんだ。百万の命を救うために千人が犠牲になることだってある。
ガリーナ　いいえ、私の子供はたった一人しかいないの。たとえ百万の命とだって替えられないわ。私は私たちの子にミルクを要求するわ。硬直したスローガンじゃなくて、豊かな教育と芸術を要求するわ。それも今すぐに。
セキ　どうしたんだ、ガリーナ。君がそんなこと言うなんて？
ガリーナ　『エレーナ・ゴンチャーロワ』、上演中止になったわ。
セキ　上演中止？　まさか。ソ連邦で？　国家が芝居の上演を禁止する？
ガリーナ　（新聞を出して）読んでごらんなさい。
セキ　信じられない。

ガリーナ　でも事実よ。（歩き回る）

セキ　いいかい。今、世界は芸術なんてやってる余裕がないんだ。ドイツではファシストのヒットラーが政権を取った。スペインではフランコが共和国政府を倒すためにクーデターを起こした。僕の日本だって、この二月に若い軍人たちが反乱を起こした。世界の権力者は、総力を上げてコミュニズムの悪口を宣伝している。その結果、ドイツでも、中間層がファッシズムに流れた。いいかい。今ソ連邦の悪口を言うことは、ファシストたちを元気づけることになるんだ。

遠い、砲声。
兵士たちの影。女が逃げ、兵士が追う。

兵士　お前は、ユダヤ人だな。

女　はい。

兵士　よーし、こっちへ来るんだ！

女　この子だけは、この子だけは助けてください。

兵士　うるさい。

兵士は、女を連れ去る。
女たちが鋤を持ってバリケードを守る。

スペイン共和国の旗を立てる。

女たち　私たちはバルセローナを守る。

歌を歌う、女たち。
機銃の音とともに女たち、倒れる。
影絵の中で少女が逃げてくる。
兵士たちが少女を掴まえる。
幕が上がると強姦しているのは赤衛軍の兵士。
赤子の泣き声、激しく。

セキの声　赤軍の兵士がロシアの民衆を強姦したなんて、あれはひどすぎる。その作品は赤軍の戦いを、我々の革命を誹謗するもんじゃないか?

遊園地で、赤子を抱いているセキとガリーナが、シーソーに乗っている。
傍らでは、室内楽団が演奏している。

セキ　革命の初期に赤軍を率いていたのは裏切り者のトロッキーだからな。

ガリーナ　……。（ガリーナの側が低くなる）

セキ　奴はこの春、メキシコなんかに亡命しやがった。

ガリーナ　あなた、トロツキーのことを知ってて言ってるの？

セキ　なんだと？

ガリーナ　二十歳のときにはまだ、「文学と革命」を読むことができたわ。「……赤軍が進軍する行く手を、ジプシーの旅芸人の馬車の隊列がさえぎったことがある」って。感動したわ。

セキ　どういう意味だ。

ガリーナ　時には芸能や芸術が革命の邪魔になることだってあった。

セキ　邪魔をしちゃあいけないいんだ！

ガリーナ　いいえ、人間が人間になったときから、芸術、芸能は人生を豊かにしてきた。（ガリーナの側が高くなる）だから芸術を政治の目的に従わせてはならない。なぜなら、政治の幅よりも人間の幅のほうが広いのだから。

セキ　僕は二十歳の時にネクラーソフを読んだ。「おお、ボルガよ、ボルガよ。春の雪解けで溢れたお前がいかにロシアの大地を覆い尽くそうとも、このロシア全土に広がる民衆の苦しみには及ばない」。（セキの側が高くなる）世界中の植民地で子供たちが飢え死んでいるとき、芸術にかまけている暇があるかい。

ガリーナ　そんなこと言ったら、人類は永久に芸術を生み出せないわ。モーツァルトの、ミケランジェロの、シェークスピアの時代にも、飢えた子供たちはいたわ。（ガリーナの側が高くなる）

セキ　それは奴らは王侯貴族といったパトロンのために仕事をしていたからだ。我々のパトロンは、プロレタリアートだ。だから、プロレタリアートのための芸術を作りだそうとしている。

ガリーナ　トロツキーはこうも言ってるわ。「人類はブルジョワ芸術のように、プロレタリアート芸術が花開くことを見ることはないだろう。なぜなら、プロレタリアート独裁の期間はこの世界から国境と階級がなくなるまでのほんの過渡期なのだから」。

セキ　君はインターナショナリズムの仮面をかぶってブルジョワ芸術の味方をしているのだ。

ガリーナ　そう。スターリンのやり方は、ブルジョワを批判してるふりをしながらヒトラーと同じよ。愚かな国民にスラブ民族の優秀性を説いていい気持ちにさせてるだけ。それで？　この十年どんな作品が生まれたというの？

セキ　党が、僕たちの党が、政府が間違いを起こすわけがない。

ガリーナ　いいえ、スターリンの言うようにロシアの芸術家が他の国のより優れている点があるとすれば、それは決して権力に屈しなかった伝統。皇帝と闘って決闘で死んだプーシキン、ツァーの権力がプーシキンを殺したんだという詩を書いたレールモントフ、ツァー時代の官僚制度を芝居で批判して発狂して死んだゴーゴリ、ドストエフスキーだってトルストイだって、ツルゲーネフだって一度は権力の闘いに命をかけたわ。それが、どう。スターリンとジュダーノフが「社会主義リアリズム」が唯一正しい文学的方法だと規定してから、ロシアの戯曲から生きた人間が消えたわ。矛盾だらけで、不完全で理性と感情とのバランスを欠いた本物の人間が登場しなくなったわ。

セキ　そうか！　お前はトロッキストなんだな。わかった。お前の行状をКГＢに報告してやる。

ガリーナ　セキ！

セキ　ごめん。嘘だよ。……俺が君を。

Ｍ－16『罪の味』

セキ　近寄れば肌触れ合えば
人は寂しく優しいのに
どうして人を殺せるのか

見つめれば知り合うならば
みんな平和を望んでいるのに
どうして敵を憎めるのか
どうして敵を憎めるのか

人はどうして
会ったことさえない人間を憎めるのだろう

優しい筈の自分の中に

人を憎んだ記憶あるから
みんなの中の暗い過去があるから
卑劣な自分を覚えているから、悪者を生み出す

人はどうして
行ったことのない外国を懼れるのだろう
美しい筈の君の過去に
悪に誘われた覚えがあるから
自分の中に別の自分があるから
見知らぬ誰かを血も涙もない、獣に変えられる

ガリーナ　セキ、あなた、この国から出て行ったほうがいい。

セキ　ええ！

ガリーナ　危険も覚悟で外国人のあなたと結婚した。ねえ、愛する者さえ信じられなくなったら、お終い。今この国ではみんなが愛する者を権力に売ってる。友人を、自分の師匠を、夫を、その子供さえ……。

セキ　しかし、今、困難な世界情勢の中で、この国を分裂させてなんになる。一九一七年のあの日から、革命のために命をささげてきたたくさんの人たちの夢はどうなる？　この世界から国境をな

くそう、平等な社会を作ろうって志はどうなる？

ガリーナ　セキ！　他の人のことはどうでもいいの！　私は、あんたのことが心配なのよ。ゴーリキーもお昼寝をさせられたわ。

セキ　お昼寝？　お前は、ゴーリキーが暗殺されたって言うのか？

ガリーナ　じゃ、どうしてこんな急にゴーリキーは死んだの？　レーニンとともに革命を闘ったブハーリンとトハチェフスキーが逮捕された一週間後なのよ。

セキ　君は……

ガリーナ　（じっと見つめて）メイエルホリトの所で働いてると危険が。スターリンの手先が来るわ。

セキ　お前は、同志スターリンが信じられないのか？

電話に、セキ、びくっとする。

ガリーナ　はい。サノです。はい。（受話器を渡して）ルビャンカ。

セキ　ええ！（受け取って）サノです。はいっ！（緊張する）はい。……わかりました。月曜日の朝、十時ですね。はい。（電話を切る）

ガリーナ　なんですって？

セキ　俺のところにもきた……

ガリーナ　なんの嫌疑？

セキ　（がっくり肩を落として）国外退去だそうだ。
ガリーナ　よかったぁ！　あんた、よかったね。
セキ　なんだと？　お前ともイネッサとも別れなければならないんだぞ。
ガリーナ　私、あなたと一緒になってから、いつかこんな日がくるってウスウス思ってた。でもね、これは私とあなただけが知ってる伝説。
セキ　うん。
ガリーナ　今、この国ではたくさんの無実の人たちが殺されている。行き先がラーゲリならまだいいほう。
セキ　（駆け寄って）お前と別れるのは嫌だ！

二人が、駆け寄ると間に鉄格子が降りてくる。

M－17『幻が生まれる』（3）

セキ　この柔らかな肌が
生きてる命の証し
世界に一つだけのこのぬくもり
ガリーナ　かけがいのない愛をくれるあなた
二人　この幻の時よ止まっておくれ

めくるめく時はうつつ

制服の女たちがやって来る。

ガリーナ　ねえ、ねえ。一人一人はこんな柔らかな肌をしているのに、その人間たちが集まると、どうしてむごいことができるの？

制服、ガリーナを抱く。

セキ　奴に心を開いて
奴に寄り添い体を開いたのはお前

ガリーナ　幻、生まれるのは俺たちの貧しさ

セキ　幻、育むのは俺たちの胸の中

二人　舞台の袖の暗闇には
どんよりとした深い穴

二三子の姿が浮かんだ。

二三子　（本を読む）Милая дрогая, я уважаю, я ценю брона, он прекрасный человек я выйду за него, согласпа толико поедем в МОСКВУ! いつになったってモスクワに行けやしない。

女3（静子）。

静子　二三子さん。あなた、この佐野家に嫁いでいらして、本当にご苦労でした。今日ね、伊藤のお祖父さまがいらしてね。二三子さんは、まだ三十前。まだまだ新しい人生だってある。佐野の家を出してやったらどうかと……。どうだろうかね。

二三子　いいえ、私、碩さんとどんな苦しいことがあろうと待っていますとお約束しました。ですから……

静子　二三子さん。あなたには言い辛いのだけどね、碩には向こうで、一緒になった女子さんがおるようなんだよ。

二三子　いいえ、そんなこと信じません！　だって碩さんはきっと迎えに来るからって……

静子　でもね、あの伊藤の坊や。千田君のところに碩と一緒の土方先生からの手紙でね。

二三子　私、信じません。そんなこと。

静子　誤解しないでおくれよ。私はなにもあなたを佐野の家から、追い出そうと思ってるわけじゃないんだよ。ね、まだあんたには未来がある。

二三子　やめてください！　あたし、あの人から直接、離縁してくれって言われない限り、信じません。
静子　……支那での戦も南京まで進んじまって、終わるどこじゃないしねぇ。（立ち上がって）
二三子　でも、私いつかモスクワに。

そこへ、ノッソリとセキ。

二三子　あなた！
セキ　フフフ。僕は帰ってきましたよ。君の所へ。

二三子、駆け寄ろうとして転ぶ。

二三子　ウーウーウー。
セキ　どうした？
二三子　だって、あなたは泣くってことは問題をウヤムヤにしてしまうって。
セキ　いいんだよ。思いっ切りお泣き。ああ、懐かしいなあ。柔らかいなあ、二三子は。
二三子　友田恭助さん、上海上陸作戦で亡くなられたわ。
セキ　そうか。

二三子　千田君も、滝沢君もみんな監獄の中にいるのよ。どうやってお芝居するの？　どうしてこんなときに帰っていらしたの？　日本じゃお芝居できないのよ。
セキ　でも、日本は……。いや、ここは僕の家だし、二三子は僕の妻だから……（抱く）何年ぶりかな。
二三子　六年よ。電気、消して。

そこへ、静子の声。

静子　碩さん、どうかね。お風呂にする？
セキ　今、手が放せないんです。
静子　それともお食事にする。
セキ　あの、口もふさがっています。（と、電気を消す）

そこへ、ドンドンと音。

静子　碩さん。
声　築地警察だ。赤色ロシアに密入国を計った佐野碩、ここにいるな。

鉄格子の中にセキと制服（女7）。

セキ　待ってください。私は日本という国を捨てて演劇を勉強するためソ連邦に来たんです。
制服　しかし、君の国籍は日本だ。
セキ　……私にはこの国に妻と子供がおります。
制服　あなたの国外退去はすでに決定されました。
セキ　わかりました。しかし、ウラジーヴォストーク経由で日本へ帰国するのだけは勘弁してください。
制服　レニングラードからフランスのルアーブルへ出るという方法を許可します。
セキ　妻と子供を連れて行っていいでしょうか？
制服　ロシア人は、国外には出られません。
セキ　しかし、私たちは正式に結婚した夫婦ですよ。
ガリーナ　セキ、もうやめて。これ以上逆らったら、国外退去ぐらいじゃすまないわ。
セキ　苦境にあるメイエルホリトはどうなる……
ガリーナ　メイエルホリトは、あなたという弟子を持って迷惑しているわ。
セキ　迷惑？
ガリーナ　あなたが日本人だから。
セキ　（笑う）ナショナリズムの国から亡命した俺が、今度はインターナショナルを掲げる国から亡命する？

ガリーナ　もう黙って。

船の汽笛とともに、鉄格子が開いて、スーツケースを持ったセキと赤子を抱いたガリーナ。
レニングラード港。

ガリーナ　この海は、ニューヨークにもヨコハマにも続いているのね。

セキ　元気で。今、この国は辛い時代にある。でも、この国の演劇と僕たちの子供を守っていってくれ。

シャンソンが流れるルアーブル港の税関を出てくるセキ。

7

セキの声　エストニアのタリンからバルト海を渡って、ルアーブルに着いた。君と娘のイネッサとモンマルトルを歩けるような日がきっとくるよ。久しぶりのパリだ。

シャンソンの流れるパリのカフェー。
タイプライターの音。
制服（女12）が書類を見る。

制服　日本外務省欧米局・特別秘密第二〇三八号。昭和十二年十月六日
内務大臣安達謙蔵殿
違法にソ連邦に入国していた思想注意人物、佐野碩はパリ、ローマ・ホテルに寄宿し、本日、パリのアメリカ大使館領事部にヴィザの申請をするも、許可されず。

パリのアパルトマン。
セキが鍵をぶら下げた婆さん（女4）とともに入ってくる。

婆さん　ほら、イボンヌはいないって言ったろう。
セキ　どこへ行ったんだ。
婆さん　馬鹿だよ。バルセローナへ行ったんだよ。
セキ　スペインの義勇軍か？
婆さん　「あんたにはベッドのほうが似合ってる」って言ったら、「フランコをヒトラーとムッソリーニが支援してる。今、私たちがスペインの人民戦線を助けなければ、この温かいベッドも、ファシストたちが踏みにじるの」って言ってね。
セキ　そう。
婆さん　だれに教えられたんだか知らんが、戦争をやめさせるために戦争に行くってのがわからん。
セキ　違う！　今までの戦争は、自分の国の利益のために他の国を侵略する戦争だった。でもね、今スペインに集まっている国際旅団は、そんなんじゃない。自由を守るために世界中の国から集まってきてるんだ。ヘミングウェイもジョージ・オーウェルもアンドレ・マルローもロバート・キャパも、スペインの共和制を守るためにスペインに向かったのだ。
婆さん　よく喋る東洋人だねぇ。

セキ、荷物をスーツケースに詰めて出て行く。

制服（女12）　日本外務省欧米局・特別秘密第二〇三八号。昭和十二年十月六日
　内務大臣安達謙蔵殿
　佐野碩は、バルセローナを未だ占拠しおる赤色スペイン政府への援助活動を為し居る疑い、濃厚なり。昨夜、スペイン共和派が未だ死守しおるバルセローナに出発せり。

　シャベルで武装した女たちの集団。
　セキが近寄り、なにか、聞く。
　女たちが指差す。

セキ　（叫ぶ）イボンヌ！

M－18『許しておくれ』（2）

セキ　許しておくれ
　人を責めた俺の過去を
　ほとばしる言葉も志も、もうたくさんだ

　担がれて行くイボンヌの死屍。

セキ　ガリーナ。スペインを出ることにした。ここでも事態はモスクワと変わらない。コミンテルンが、すべてを握って、別の闘い方をしようとする奴らは裏切り者にされちまった。今、国際旅団の連中は次々にメキシコに亡命してる。メキシコ政府だけが人民戦線側に立ってフランコ政権を認めていないからね。

遠い砲声。

セキ　ガリーナ、我々の地球の未来を担うはずのイネッサを連れてプラハに出てこれないか？　チェコなら君だってこれるかもしれないから……。
ガリーナ　愛するセキ。悲しい知らせがあります。私たちの次の時代のために闘うはずのイネッサは、先週からノボデビチの墓地で昼寝をしています。モスクワに蔓延しているチフスに……

二人が歌った。

M－19『人生』

乾杯のグラスがすべって床に落ちた
粉々になった破片を見て
初めてかけがいのないグラスと気づいた

この人生に取り返しのつかないことがある
この人生の今は、永遠に帰らない

8

ビアホールでは、アコーデオンがポルカを演奏し、セキがモリモリ食べている。
レイン・コートを着たマレーネやって来る。

セキ Bringen Sie mir bitte das Bier.

マレーネ 五年も人をほっぽらかして、突然、電話してくる。勝手なんだから。（空元気で）ベルリンは相変わらずソーセージとジャガ芋。

セキ 相変わらずじゃない。俺が留守していた五年の間に、ベルリンはすっかり変わったよ。（小声で）駅の手前のキャバレーで、いつも政治風刺のギャグコメディーをやってたアルバースも、今じゃご清潔なナチ賛歌のショーをやってる。（新聞を受け取って）ありがとう。

マレーネ 前衛演劇は、アーリア民族とは無縁なものだそうよ。

セキ 元気のよかった表現主義やダダイスト連中は商業演劇にそのスタイルだけを売って小金をため込み、まだ少しやる気のある奴らは、政治に目覚めてファシストになっちまった。

マレーネ （見回して）大きな声を出さないで。

セキ （新聞を広げて）馬鹿、馬鹿！

マレーネ どうしたの？

セキ （新聞を指して）日本の俺の友達が、俺の追い出されたソ連邦の国境を越えた。

マレーネ　日本とロシアに国境なんてあるの。
セキ　ああ、サハリンという島にな。その国境線を橇で越えた……
マレーネ　（新聞を覗き込んで）ヨシコ・オカダ。女優さん？
セキ　そう。一緒に逃げた杉本という演出家は俺の同志だったんだ。あいつもメイエルホリトに憧れてた。飛んで火に入る夏の虫だぁ。
マレーネ　ねえ、どうしてインターナショナルの国が、愛国主義になっちまったの？
セキ　お馬鹿さんには、国際主義より愛国心のほうがわかりやすいのさ。
マレーネ　前衛芸術の実験場が社会主義リアリズムになったのはなぜ？
セキ　大衆には、前衛芸術より自分の生活そっくりの芝居や絵のほうがわかりやすいからだろ。
マレーネ　クレーやカンディンスキーも、広場で焚き火にされた。
セキ　残念ながら、ヒトラーとスターリンは似てる。もしかしたら……
マレーネ　もしかしたら？
セキ　もしかしたら、人類はその歴史上初めての壮大な実験に失敗したのかもしれない。
マレーネ　たった四年で、こんなに老いてしまうなんて。私が温めてあげる。
セキ　横浜を発ってニューヨーク、パリ、ベルリン……。僕の前にはあこがれのモスクワがあった。だから愛人との忍び逢いに出かける男のように長い道のりにも耐えられた。だが、今の僕には行き先がない。目的もない。ただ逃げるだけだ。
マレーネ　私が温めてあげる。

セキ　ありがとう。
マレーネ　（ささやく）ね、これから、二人で悪徳の夜を過ごそう。

M－20『赤い月』

セキ　薄闇に浮かぶ白い体
　はかない命の輝き
女たち　暗闇が垢に塗れた肌隠す
制服　事実は汚い
　嘘は綺麗
マレーネ　月が今夜は赤いのは
　私の心が青いから
制服　科学は醜い
　夢が素敵
セキ　懐かしく匂う君の膨らみ
　過ぎ行く時が止まる
女たち　臓物の匂い知らずに夢見がち
セキ　かけがえのないお前

マレーネ　つかの間の喜び
　　心は不確か
制服　　　調和が綺麗
（マーチになる）退屈な毎日はいらない
　我らに祭りを

セキ　　一人一人の心は違う
マレーネ　私だけのお前
合唱　　　統一　秩序
　偽りの妥協はもうたくさんだ
　我らに祭りを
　心を合わせ我ら歩み出す
　心を一つに
　同じ敵を憎み
　愛するはらからと足並みそろえ

人々、通り過ぎて行く。

マレーネ　アメリカに戻るの？
セキ　あそこしかないだろう。
マレーネ　だってパリのアメリカ大使館には、日本政府が手をまわしているって。
セキ　（ポケットからパスポートを出す）それで、チェコへ行ってきた。プラハのアメリカ大使館には、日本政府も手をまわしてなかったよ。
マレーネ　私をこんな国に残して……

ペンギンの歩き方を練習するセキ。

セキ　ごめん。この悪夢のような三〇年代はいつか終わる。それまで、なんとか生き延びていてくれ。
マレーネ　何をしているの？
セキ　クワー、クワー。
マレーネ　ペンギン？
セキ　ソ連邦を追い出され、コミュニストのレッテルを張られているから、どこの国もヴィザを出してくれない。ヴィザのいらない国があるにはあるが。
マレーネ　ヴィザのいらない大陸にはペンギンしか住んでないわけ。
セキ　僕を友達にしてくれるかなあ。クワー、クワー。
マレーネ　世界から国境をなくしたいと思っていたあんたが、どこの国でも異邦人。

セキがペンギンの格好をして歌う。

M－21『許しておくれ』(3)

セキ

許しておくれ
浅はかだった俺の過去を
美しすぎるパラダイスはもう結構だ

俺は今
凍てつく荒野から帰り着いた
けれどまた懲りずに明日まちがいだらけの旅に出る
許しておくれ
過ちだらけの俺の明日を

だけど人は誰しも道に迷う
この世に正しいこといくつもあるから
だけど人はいつしか悪にまみれる
正義の裏には悪が隠されているから

俺たち舞台を創り出す者は
過ちを犯す権利を持っている
だれでも過ちを犯す権利を持っているから

二三子　東京は、南京陥落祝賀の提灯行列で、みんな熱狂しています。セキ、私結婚します。相手は共同通信の新聞記者の円山さん。彼の仕事で、満州へ行きます。

制服（女8）。

制服　日本外務省欧米局　特別秘密三七六二号
一九三八年、九月一日、貴国に到着せる佐野碩なる人物は、長くソ連邦に滞在せる共産主義者で、貴国の思想を同じくする者と連絡を取るため、入国を企てていると思われる。入国を阻止し、日本国に送還されたし。

そこで、再び、ジャズのメロディー。
シューバート劇場。

「Babes in arms」の主題歌「マイ・ファニー・ヴァレンタイン」が聞こえている。

メアリー 昨夜、コットン・クラブでマッキーに会ったわ。

女6 メアリー、電話。

メアリー ありがとう。だーれ?

女6 知らない。へったくそな英語喋ってたわ。

メアリー もしもし……。ええ? なんですか? 私、メアリーですけど? セキ? ほんとにあんたなの? モスクワから? 今、どこ?

鉄格子の中のセキ。

セキ 君の所からたった三キロ。自由の女神の隣。エリス島の移民局だ。うん、マンハッタンのグリニッヂ・ヴィレッヂに石垣栄太郎という日本人の絵描きがいる。奥さんは石垣綾子。彼らに連絡を取ってなんとか僕を入国させてほしい。もう一か月も、収容所にいるんだ。……わかった。

M―22『カモナ・マイ・ステイツ』(4)

女たち カモナ、マイ、ステイツ
自由の女神が待っている

たいまつを持った自由の女神。

女たち　ロックフェラーも移民の子孫
ジョー・デマジオもイタリア移民
ウィー、ビリーブ、イン、アメリカン、ドリーム

出会うセキとメアリー。

セキ　メアリー！
メアリー　セキ！　あなたからきた手紙、みんな取ってあるわ。パリ、ベルリン、モスクワ……。
セキ　僕がこの国に入国できたのは、君のお陰だよ。
メアリー　いいえ、あなたを受け入れたのは、このステイツよ。
セキ　うん、おおらかと言おうか、むちゃくちゃと言おうか。画廊を覗けばろくでもない風景画の横に、ちゃっかりダダイズムの作品が値段をつけて並んでいる。
メアリー　資本主義じゃあ、芸術さえ商品にすると怒ってたでしょう。
セキ　……ああ。しかし、国家から「正しい芸術」を押しつけられるよりはましだよ。ともかくこの国では悪い芸術を作ったと言って裁判にかけられることはなさそうだ。

メアリー　ねえ、カナダに行かない？
セキ　ええ！
メアリー　アメリカ政府があなたに出したヴィザ、すぐに切れるのよ。
セキ　カナダは文化果つる国さ。
メアリー　じゃ、メキシコ。あんたスペイン語できるの？
セキ　いいや、スペインに五週間いただけだ。パルファボーレとクアント、バーレしか知らない。
メアリー　石垣さんが梅干しとお米、下さったけど、日本のご飯にする？　ご主人はもう十五年もアメリカにいるのに、味噌スープなしじゃ生きられないって。
セキ　栄太郎は結局アメリカのカミサンと別れて、綾子と所帯を持っちまった。
メアリー　あんたが現地調達主義でよかった。

二人、抱き合う。
そこへ、チャイムの音。
「ヤッホー」という綾子の声。

綾子　ヴィレッヂの「アイリーン劇場」の演出、決まったんですってね。
セキ　実を言うとね、もう寒い国はこりごりだ。
綾子　寒さはロシアでこりたか。

メアリー　あ、ごめん。
セキ　メアリー。綾子にコーヒーを入れてあげてくれるかい?
綾子　そうそう。(と、メアリーを見る)
セキ　金もないし。

台所に去る。

綾子　(懐から書類を取り出し)これ、ディゴ・リベラへの紹介状。
セキ　ありがとう。しかし、メキシコは僕を受け入れてくれるかな?
綾子　『メキシコ万歳』をエンゼンシュテインが撮りに行ったときも、リベラが面倒をみているのよ。
メアリー　(台所から)ねえ、ミルク入れます?
綾子　入れて頂戴。
メアリー　はーい。
綾子　あの子、どうするの?
セキ　仕方ないだろう。来月には、この国を出なくちゃならない。
綾子　連れてけばいいじゃない。
セキ　知らない国に行って自分が食ってくことだって自信がない。
綾子　二三子さんは日本に、ガリーナはソ連に。みんな置いてけぼり。

「お待たせ」と入ってきたとき、汽笛が鳴るのでメアリー振り向く。
ドラの音、激しく。ニューヨーク港。

メアリー　嘘つき！
セキ　ごめんよ。でもな、メアリー。この地上にあるものに永遠はない。三日一緒にいようが、一生、添い遂げようが、宇宙の時間からすればブランデー・グラスに一瞬燃える火のようなものさ。
メアリー　私が行ったら邪魔？
セキ　うん。向こうに行って、なんとか生活ができるようになったら、きっと君を呼ぶよ。
メアリー　あんた、何人の女にそう約束した？

M－23『港の別れ』(2)

メアリー
思い出ゴシゴシ　匂い消し
泣いた鳥も水浴びて
記憶のページも色あせる
あいつの笑顔とグッバイ

9

ガチャーンという鉄扉の音がして、鉄格子の中のセキ。

制服（女9）

制服　ベラクルス、日本領事館よりメキシコシティー日系人会宛て。四月二十六日メキシコ号でベラクルス港に到着せる佐野碩なる人物は、国際共産主義の謀略を意図し、メキシコに潜入を果たさんとする者である。移民局に入国を阻止するよう働きかけるよう要請する。

看守がやってきて鍵を開ける。

きらめく陽光にセキ、深呼吸をする。

哀調ある歌が遠くから聞こえてくる。

ウォルディーンとシルバ（女8）がけたたましく話している。後に文化省のアリシア（女12）、傍らにウォルディーンの付き人イネス（女5）

ウォルディーン　駄目よ、今日は約束があるの。

イネス　七時です。
シルバ　ウォルディーン、またゴメスとお食事？
ウォルディーン　いけない？
シルバ　いけなかないけど、あんな男のどこがいいの？
ウォルディーン　あんたと男の趣味がちがって幸せだった。（アリシアに）そういうわけだから。
アリシア　ですから、十分だけでいいんです。
ウォルディーン　駄目だって言ってるでしょう。
アリシア　そんなにお時間は取らせませんから。
ウォルディーン　そんなどこの馬の骨かわかんない演出家といちいち会ってる暇はないの。『セビーリャの理髪師』見て感動した？　私のファンなら毎晩楽屋口にわんさと詰めかけているよ。
アリシア　セニョール・サノは、モスクワでメイエルホリトと仕事をしてきた方で……
ウォルディーン　ふーん、ロシアにいたの。で、スペイン語は？
アリシア　フランス語とドイツ語とロシア語が堪能で。
ウォルディーン　お客様は、フランス語もドイツ語もロシア語もおわかりにならないの。ここは、メヒコなの。

イネスとともにセキ入ってくる。

ウォルディーン　（気づかず）いい。演劇が言葉の芸術だということを、そのセノとかいう日本人はわかってないんじゃないの？　（振り返って）あら！

セキ　SENOはたしかスペイン語で穴ぼこ。ワタシ、サノです。私の入国に際し、メキシコのアーティストたち、ありがとう。

ウォルディーン　（ガラリ変わって）サノさん、よくメヒコにいらっしゃいました。

アリシア　こちら、「ベジャス・アルテス劇場」のウォルディーンです。

セキ　『セビーリャの色事師』のイザベラ、素敵。

ウォルディーン　ありがとう。イネス、何をしてるの。

イネス　はあ？

ウォルディーン　遠来のお客様にお茶も出さないの？

セキ　他も、いくつか、劇場、見たね。みんなスペインのお芝居。

ウォルディーン　おっしゃる通りですのよぉ。メキシコは三百年にわたるスペインの植民地でございましたから、文化芸術の分野でもまだまだスペインの物まね。

セキ　アイ、ホープ、この国のテアトル変えたい。メキシコ独自の。

ウォルディーン　メヒコ！

セキ　メヒコ独自の音楽劇、創りましょう。

ウォルディーン　そう、早速やりましょう。

セキ　デモ、ワタシ、マダ、すぺいんゴ、ヘタネ。

ウォルディーン　大丈夫、私が教えてあげる。
セキ　本当ですか。
ウォルディーン　昔、日本のダンサーがメヒコに来てね。とってもすばらしかった。
セキ　それはミチオ・イトウではないですか。
ウォルディーン　ええ、あなた、ミチオを知っていますか。
セキ　はい。ミチオの小さい弟、コレヤ・センダ、友達アルネ。
イネス　（お茶を持ってきて）先生。そろそろお約束のお時間です。
ウォルディーン　イネス、私はお仕事のお話をしているの。
イネス　あの、ゴメス様とお約束が……。
ウォルディーン　あんな男、どうでもいいの。私、この人とオラトリオ創るのよ。

突然、インディオの音楽が始まった。

M—24　楽劇『ビバ・エル・メスティソ』

女たちが、歌い踊った。

娘たち　ビバ　エル　メスティソ　ビバ　エル　メスティソ
あなたのママのそのまたママのママは

この大陸に住んでいたインディオ
ビバ　エル　メスティソ　ビバ　エル　メスティソ
あなたのパパのそのまたパパのパパは
この大陸にやって来たスパニッシュ

ウォルディーン

緑なすテカココの湖に浮かぶ
アスティカの都にて
王はスペインの勇者コルテスを迎えぬ

戦闘と略奪の踊り。

ウォルディーン

a　されど蛇のごときコルテスの兵は襲いかかり
むごき戦六十日を数える
砂の数ほどのインディオが死に
空の星と同じ星の数のインディオが僕となりぬ
そしてスパニッシュは奪う
女たちの貞操と男たちの誇りを
スペインは奪った

インディオの緑の大地と湖とを
ビバ　メスティソ　ビバ　メスティソ
あなたのママのそのまたママのママは
この大地に住んでいたインディオ
ビバ　メスティソ　ビバ　メスティソ
あなたのパパのそのまたパパのパパは
この大地にやって来たスペイン
私のママのそのまたママのママと
私のパパのそのまたパパのパパは
愛もなく、私のママのそのまたママを生んだ

娘たち

ウォルディーン

されど愛しき女たちよ
憎しみは溜めこんじゃいけない
そなたの生んだ娘の父は奴らなのだ
娘たちはスパニッシュでもない
娘たちはインディオでもない

娘たち

ビバ　エル　メスティソ　ビバ　メスティソ
あなたのママのそのまたママのママは
トウモロコシを育てたインディオ
ビバ　メスティソ　ビバ　メスティソ
あなたのパパのそのまたパパのパパは
牛と羊を持ってきたスパニッシュ

そこにセキの扮した悪漢ディアス登場。
女たちを従え、傍若無人に振る舞う。

ウォルディーン

されど悲しきメキシコ
スペインの血のみが力を持ち
インディオの涙は砂に消え怨念だけが残る
将軍ディアスの独裁
不正と汚職と貧困

再び、戦争の踊り

ウォルディーン　aいつか犬のごときメスティソの民は旗を掲げ
激しさ十年を数える
少女たちの声　エミリアノ・サパタ！
ウォルディーン　星の数ほどのメスティソが死に
少女たちの声　トレンダーノ！
ウォルディーン　夢にまで見たメヒコは独立勝ちとり
そしてメスティソは知った
悲しみを乗り越えるには血を交えることだと
メスティソは勝ち得た
混血の新たな力と誇りを

女たち　ビバ　メヒコ・レボルシオン
ビバ　エル　メスティソ
娘たち　ビバ　エル　メスティソ　ビバ　エル　メスティソ
あなたのママのそのまたママからは
スペインとインディオのメスティソ
そして私のママのパパとママは
愛し合い、私のパパとママを生んで

女たち　これから私も愛し会えるパパを探すの
ビバ　メヒコ・レボルシオン
ビバ　エル　メスティソ

楽劇、終わる。
邸宅の中庭。トランクを持ったセキ。

セキ　ガリーナ。君とレニングラードで別れてから、十八か月、フランス、スペイン、ドイツ、チェコ、アメリカと五つの国を追われながら歩いた旅も、どうにか終わったようです。例によって日本外務省の妨害があったが、こちらの芸術家が尽力してくれ、カルディナス大統領が政治亡命を認めてくれました。メキシコは世界で唯一の、異邦人のパラダイスです。

そこへ、ウォルディーン入ってくる。

ウォルディーン　セキ、あなた、ディゴ・リベラと親しくしていますね。
セキ　リベラは、絵画をブルジョワの応接間の壁から、街角へ解放する壁画運動の推進者です。
ウォルディーン　あの人とは付き合ってはいけません。
セキ　エイゼンシュタインが『メキシコ万歳』を撮影できたのもリベラの力があったからと聞いてい

ます。

ウォルディーン　モスクワは、リベラよりもシケイロスを評価しています。

セキ　私の交友関係とモスクワと何の関係があるのです。

ウォルディーン　二年前、スターリンに追われてトロツキーがメキシコに亡命したことは知っていますね。

セキ　トロツキーがリベラの奥さんのフリーダ・カーロの家にいることは知っています。

ウォルディーン　あなたがモスクワで師事していたメイエルホリトが逮捕されました。

沈黙。
教会の鐘。
制服たちの中に小さなメイエルホリトの人形。

ガリーナ　革命直後にメイエルホリトが演出した『逆立つ大地』は革命の裏切り者トロツキーに捧げられた作品である。

セキにスポットが当たる。

ガリーナ　お前は未だ自分をコミュニストと呼ぶことができるか？

セキ　はい。なぜなら、この世界から貧困をなくし、この地球から国境をなくそうという思想は、今世紀、この地上に生まれた最上の人びとを捕らえ、おそらく十億を越える人々が、その夢に向かって困難な道のりを歩いてきたからです。たとえ、その途中で道を過ち、志しの逆の惨い結果を生んだとしても、その志しそのものは、すなわち、この地上から国境をなくそうという夢は間違っていな……

ガリーナ　メイエルホリト。あなたはこれまで過ちを犯さなかったというのか?

人びと　犯さなかったと言うのか!

セキ　私は演劇形式に関して、自分が思いついた理念や方法を確かめてみたいと考え、いくつかの実験的舞台を作り出しました。あるものは成功し、あるものは失敗しました。

目隠しをされたメイエルホリトの人形、浮かぶ。

ガリーナ　一九四〇年二月一日、モスクワ市における非公開法廷において元スタニスラフスキー記念国立オペラ劇場首席演出家フセヴロート・メイエルホリトの事件が審理された。判決。極刑。

銃声とともに人形が倒れる。
ガリーナがタイプライターを打つ。

ガリーナ　秘密文書975　157　205・フセヴロート・メイエルホリト、銃殺刑の判決により二月二日、モスクワ市において、刑を執行。

遠くでインディオの音楽が聞こえ、悪夢は終わる。

ウォルディーン　あなたの友人、ヨシコ・オカダとともにソ連に亡命したスギモトも同じ日に死刑になりました。

セキ　スギモトが……。リアリズム演劇をやらなかったというだけで死刑……。岡田嘉子はどうなったんです。

ウォルディーン　さあ、モスクワとメキシコは一万キロ離れていますから。ともかく、あなたは、リベラの家に出入りしてはいけません。

セキ　（笑う）何に怯えていらっしゃるんです。ここはモスクワから一万キロ離れているメキシコシティーでしょう。

ウォルディーン　あなたはご存じないんですか？　（新聞を出す）

セキ　（見て）ええ！　頭をピッケルで。ああ！

ウォルディーン　トロツキーのいたヴィエナ通りの青い家はここから五百メートル先よ。

セキ　……。

ウォルディーン　トロツキーの書斎の机にはピカソとクレーの画集が置いてあったって。（立ち上がる）

悪いことは言わない。モスクワはあなたの思っているほど遠くないのよ。

セキ　……あなたに命令されたくはないね。

ウォルディーン　（手を握って）あなたに死んでもらいたくはないの。

セキ　ありがとう。来週、私はアメリカに戻ります。

ウォルディーン　どうして。

セキ　あなたに迷惑です。私があなたの側にいることは。

ウォルディーン　アメリカはあなたを受け入れないわ。

セキ　それは仕方ありません。

ウォルディーン　じゃ、どこに行くの？

セキ　わかりません。

ウォルディーン　あなたメヒコが嫌い？

セキ　いいえ、メヒコが唯一僕を受け入れてくれました。

ウォルディーン　私はあなたを受け入れるわ。

セキ　あなたはメヒコ演劇界のスターです。

ウォルディーン　あなたは私が嫌い？

セキ　いいえ。いや、好きです。

M—25『幻が生まれる』（4）

セキ　あの雨垂れの音が
　　過ぎ行く人生を刻む

二人、近づく。

セキ　たまさかすれ違ったこの微笑み
ウォルディーン　二度と帰らぬ時を過ごす二人
二人　このめくるめく愛に溺れていたい

二人、抱き合う。
女たちが、二人をのぞき込む。

マレーネ　ああ、また始まっちゃったよ。
女8　やっぱり女ったらしだね。
女12　最低な奴ね。
女9　女の敵。
イボンヌ　でも仕方ないと思うのよ。
アリシア　何が仕方ないのよ。

イボンヌ　知らない国で生きていくのって大変なの。私、バルセローナに行って思い知ったわ。誰も知り合いのない国で生きて行くには、五つの条件があるって。

全員　五つ？

イボンヌ　（指を五本出して）お金をたくさん持ってやって来たか？

メアリー　ノー。二度目にアメリカ来たときなんか、十ドルも持ってなかった。

イボンヌ　一緒に苦労してくれる道連れとともに入国したか？

マレーネ　いいえ。ひとりぼっちで、ヴィザだってなかった。

イボンヌ　野宿もへっちゃらな若さがあったか？

ウォルディーン　いいえ。メキシコに着いたときは四十を越えてました。

イボンヌ　その国の言葉ができたか？

ガリーナ　ニチェボー、ニェット。ぜんぜん。

イボンヌ　知人もいない荒野にほっぽり出された人間は、どうやって次の日から飢えを凌ぐの？

女7　泥棒か強盗するっきゃないね。

メアリー　そっかあ。お金を盗むのが嫌なら、誰かの心を盗むしかない。

二三子　うーん。レンアイ感情って人間だけが持ってる不思議な精神状態は、セキのような異邦人のために神さまがお与えになったものなのかもしれない。

アリシア　それともう一つ。セキが世界を駆けめぐった一九三〇年代は、今みたいに平和じゃなかったの。

セキが疲れてやって来る。
ウォルディーンが、つかつかと近寄る。

ウォルディーン あんた、私の宝石箱、どうしたの？

セキ ……。

ウォルディーン あのエメラルドの指輪、どうしたの？

女9 ちょっと、ここは稽古場ですよ。

ウォルディーン うるさい。四万ベセタもする宝石をこの人、質屋に入れちゃったのよ。

セキ 仕方ないだろう。役者たちの給料が払えなかったんだ。

ウォルディーン だったら、払えるような芝居をやればいいじゃない。ええ、私の「カルメン」やってればちゃんとお客は入るわ。

セキ そういうスター・システムの芝居はやりたくないんだ。

ウォルディーン 偉そうなことは、自分の芝居でお金を稼いでから言いなさいよ。困っている役者にご飯食べさせるのはあんたの勝手よ。でもね、それは自分のお金でやってよ。シルクのドレスも宝石も、みんな質屋に行っちまったきり。

セキ 悪いと思ってるよ。

ウォルディーン ウィリアム・ブレイクの水彩画、本物、あれどうしたの？ 人の稼ぎで道楽するのが民主的演劇なの？

セキ　わかったよ。俺と芝居するのが嫌だったら、とっとと出て行けばいいんだ。
ウォルディーン　行くわよ。
セキ　！
ウォルディーン　来月からキューバに行くの。ハバナの劇場が、五万ドルで契約してくれって言ってきてるのよ。
セキ　勝手にしろ。
ウォルディーン　ハバナは暖かいわよー。十二月だってのに暖房も入ってない劇場なんかにいたくないわ。
セキ　出てけ、プチブル役者。

アリシア、セキの前に。

アリシア　セキ、ウォルディーンとハバナに行きなさい。
セキ　もうたくさんだよ。大女優のご機嫌取りは。
アリシア　でも、あの人がいなければあなたは生きていけないわ。
セキ　なにぃ！　俺は自由だ。また、どっかの国に行くさ。
アリシア　日本の同盟国のドイツに入国してヒットラーの元で生きる？　それとも、スターリンのソ連に？

セキ　君たちが僕を受け入れてくれないなら、明日にもベラクルスの港からニューヨーク行きの船に乗るさ。

アリシア　あんた、新聞読んでないの？（新聞を出して）昨日のお昼に、お馬鹿なハポネスの飛行機がハワイのパール・ハーバーを攻撃したの。あんたの祖国日本がアメリカ、イギリスと戦争始めたの。

セキ　（新聞を見る。叫ぶ）メアリー！　ガリーナ！　二三子！

M―26『バガボンドの歌』（2）

冬に渡り鳥は海を越えて羽ばたき
小鳥のさえずりが春を告げる　バガボンド
この地球に線を引いたのは誰だ
翼もがれた俺はお前の側に飛んで行けない
あーあー　ボーダレス
あーあー　ボーダレス
この星の客の中で一番不自由な生き物なのだから

女たち。

ガリーナ　あの人、戦争中はお芝居、やれなかったんでしょ。
イボンヌ　そりゃあ、パトロンのウォルディーンと喧嘩しちまったんだから。
メアリー　メキシコは連合国側だったんだから、仕方ないでしょう。
マレーネ　あんたの国は、アメリカ国籍だった日系人まで、収容所に入れちまったんだってねえ。
メアリー　でも、異邦人だからってガス室には入れなかったわ。
アリシア　あのね。メキシコにいた日本人や日系人は、メキシコ人に苛められはしなかったのよ。
メアリー　どうして？
ウォルディーン　それどころかパール・ハーバーのとき、メキシコ人は日本人たちを、抱き上げてよくやったと叫んだわ。
メアリー　馬鹿ねぇ。
ウォルディーン　それはね、アメリカが戦争仕掛けて、テキサスやカリフォルニヤをメキシコからぶん取っちまったからだよ。
アリシア　でも、セキは仕事を失って困ってたようです。
イボンヌ　それはセキがパトロンの労働組合とうまくやれなかったからよ。
ウォルディーン　私があの人に会ったのは、戦争前でした。
二三子　昭和十年代ですか？
ウォルディーン　そう、一九三七年ごろね。
イボンヌ　二度目は、どんな手を使ってあんたを騙したのさ。

ウォルディーン　騙したなんて……

メキシコシティーの大衆酒場。
ウォルディーンが歌を歌っている。
ボロボロの服を着たセキ、出てくる。

女9　こんなところで何してる。
女10　ここはよそ者のくるところじゃないんだよ。
女11　ちょっと、あんた、こんなところに住み着かないで。
セキ　この屋根の下で、寝ていけませんか？
女　泊まるんならホテルに行きな。
セキ　ホテル行くお金、私ない。
女9　そんじゃあ、警察に行きな。刑務所ならね、ただで飯食わしてくれるよ。
セキ　明日には別のところ行くから、一晩だけ、どうか。
女　（箒でセキを追った）駄目、駄目。こんなとこに住みつかれると商売、上がったりなんだよ。
セキ　わかりました。（トボトボ歩き出す）

それを見ていた、女7、歩み寄る。

女7　あんた、宿なしかい？
セキ　はあ。
女7　あんた、余所者だね。
セキ　はい。
女7　どこから来た？　チャイナ？
セキ　（首を振る）
女7　日本人？
セキ　（首を振る）
女7　国に帰れないのかい？
セキ　そう。私に、国ない。メヒコ、私の国。
ウォルディーン　（遠くから）そんなところにいると凍えちまうよ。
女7　金がないなら働きな。
セキ　うん。仕事、探しているんだ。
女7　なんだい、あんたの仕事は？
セキ　舞台の演出をするのが仕事。
女7　舞台の演出家？　また、嘘をつく。お仕事は乞食だろ。

人々、笑う。

そのとき、奥で飲んでいたウォルディーン、立ち上がる。

ウォルディーン　あんた、セキ？

セキ　どなたさんです？

ウォルディーン　ウォルディーンよ！

セキ　ああ、あなたですか？

ウォルディーン　あんまり変わっちまったから……

セキ　ハハハ。

ウォルディーン　お住まいはどちら？

セキ　うん、まあ。その……

ウォルディーン　じゃね、私んとこにおいでよ。

セキ　いや、そんなことしていただく筋合いじゃないから……

ウォルディーン　なに言ってるの。

二人、去って行く。

イボンヌ　そこで再会して、焼けぼっくいに火がついたわけだ。

二三子　戦後はどうしてたんですか。
ウォルディーン　セキは、パセオ・デ・ラ・レフォルマ通りに演劇学校を始めました。でも、親米派のミゲル・アレマンが大統領になり、セキは他の国での演劇活動を考えていました。
二三子　日本に帰ろうとは思わなかったんですか？
ウォルディーン　帰りたいと考えていたとは思います。

みんなウォルディーンを残して、隠れた。

ウォルディーン　何だったの、日本からの電報。
セキ　ママが、僕の母親が具合が悪いようだ。まあ、歳だからね。
ウォルディーン　日本に一度、帰ったら。日本だってサンフランシスコの講和会議で国際社会に復帰するんだし。（引き出しから出して）これ、あんたのパスポート。
セキ　（パスポートを持って）この国は、俺のアメリカ入国もメキシコ入国も邪魔しやがった。
ウォルディーン　日本も今じゃあ民主主義の国になったのよ。
セキ　日本が民主主義？　まさか。
ウォルディーン　二十年のブランクで、日本でお芝居する自信ないの？
セキ　幼なじみのコレヤ・センダが帰ってこないかと言ってる。
ウォルディーン　日本の共産党がスターリンの言いなりだから？

セキ　……。

ウォルディーン　今から十年前、ソ連を追い出されたあなたを受け入れたのは、メヒコだけだった。でも、今のメヒコは世界中の亡命者を受け入れたメヒコとはちがう。

セキ　……。

ウォルディーン　私はあんたとどこにでも行くわ。ね、あんたはどこに行ったって生きていける。お芝居ができる。

　　セキ、タイプをたたき出す。

セキの声　お久しぶりです。セキ・サノ。私は、あなたの国で演劇活動をする可能性があるかどうかお尋ねしたいと思います。一九五〇年、十二月。

　　陰鬱に音楽が始まった。

メアリー　（声を潜めて）ステイツの赤狩りは、まるでファッシズムのようにハリウッドを駆け巡っています。あなたのアメリカ来訪は無理です。エリア・カザンも昔の仲間を裏切ってお芝居を続けています。

マレーネ。

ガリーナ。

マレーネ　セキ。久しぶり。東西に分割されたドイツは、まだまだ苦しい状態です。共産圏から逃げてきた人たちであふれ、失業者が二百万人を越えました。

二三子。

ガリーナ　ソ連邦は、国際連帯の歌「インターナショナル」を棄て、帝国主義国なみに国歌を制定しました。春はまだまだ先です。

二三子　久しぶりのお手紙、嬉しゅうございました。ただ日本の前衛党はコミンテルンの影響下にあり、トロツキーやメイエルホリトは禁句だからなあと千田さんは言っておられます。

女たちからきた手紙を持ってセキが歌った。

M－27『手紙』

セキ

優しかった女たちよ
元気で生きてくれ
僕たちのこの二十世紀は
泥と血にまみれていた
でも、みんなよく闘った
世界の大部分の人が、言っている
もう夢を見るな
社会を変革しようなんて思うな
理想社会を作ろうなんて人間の思い上がりだ

でも、僕たちの世紀はあと半分
五十年が残っている
あきらめてはいけない
この地球から戦争をなくせるまで
この地球から国境をなくせるまで
まだ、僕たちの世紀は半分
後五十年が残っている

去って行く、セキ。

エピローグ

ウォルディーン、客席に向かって起つ。

ウォルディーン　本日は、みなさまお忙しいなか、セキ・サノのために、この会場にお集まりいただいたことに感謝します。セキはみなさまにたくさんのご迷惑をおかけしたと思いますが、許してくださいますよね。さて、そろそろ本日お集まりいただいた本題、すなわち、私たちのセキ・サノのお墓にはどんな言葉が相応しいか、それを決めたいと思います。

アリシア　セキ・サノは、これ以降メキシコに留まり、ヨーロッパの近代劇を演出し、たくさんの俳優を育てました。だから、メキシコ近代演劇の父とすべきです。

女たち「ノー！　ノー！」と叫んで出てきた。

M－28『さよならセキ』

ウォルディーン　アデオス、セキ
あなたほどどこの国の食べ物も愛し
どんな民族の女も愛した日本人がいただろうか

イボンヌ　アデュー、セキ
あなたほどどんな不幸も恐れず
いつも前へ前へと歩いた男がいただろうか

ガリーナ　ダスビダーニヤ、セキ
あなたほどたくさんの言葉を覚え
人間の言葉を使った日本人がいただろうか

メアリー　グッバイ、セキ
あなたほどたくさんの国を巡って
どこの国民にもならなかった者がいるだろうか

マレーネ　アウフ、ビーダー、ゼン、セキ
あなたほどこの時代の危険な場所を歩き
思い悩んだ人間がいただろうか

二三子　さよなら、碩
あなたほど弱い者を愛し続け
この世界の夢を信じた男がいただろうか

全員　サヨナラ、セキ
あなたほど異邦人の孤独を耐え抜き
たった一人で生き抜いた男がいただろうか

曲想が変わり、セキ迫り上がってくる。

M－29『ヒーローはいらない』

セキ　やめてくれ俺の伝説を語るのは
英雄を生み出す心が敵を憎む心を育てた
ヒーローはいらない
　俺はただ鳥のように自由な風になりたかった

誰かが俺のことを聞いたら
すけべいで見境なく女を愛した奴だったと
面白おかしく聞かせてやっておくれ

やめてくれ俺の墓石を建てるのは
物語を愛する気持ちが人を悪夢に誘う
英雄は危険だ
　俺はただ雲のように自在な風になりたかった

子供たちが俺のことを聞いたら
弱虫で世界中を逃げて回った異邦人と
嘘も交えて話してやっておくれ

やめてくれ　俺の伝説を語るのは
やめてくれ　俺の伝説を語るのは

「インターナショナル」が鳴り響いた。

――幕

上演記録

アートスフィア（東京）　一九九六年四月十三日〜二十三日
ドラマシティー（大阪）　一九九六年四月二十六日〜五月三日

●スタッフ

演出	加藤　直	照明	沢田　祐二
音楽	池辺晋一郎／尾形　隆次	音響	小野　隆浩
	上田　亨／川本　哲	TATE	国井　正廣
	沢田　研二	歌唱指導	泉　忠道
振付	前田　清美	舞台監督	菅原　秀夫
美術	堀尾　幸男	制作	横田毅一郎／山下徹

●キャスト

セキ・サノ（佐野碩）	沢田　研二	女7	高谷あゆみ
二三子（女1）	熊谷　真実	女8	橋本さとみ
メアリー（女2）	マリー	女9	伊吹　あい
ガリーナ（女3）	余　貴美子	女10	三村みどり
ウォルディーン（女4）	剣　幸	女11	後藤　未雪
イボンヌ（女5）	枝常　絵里	女12	山之内重美
マレーネ（女6）	今井あずさ		

異邦人　ボーダレス・ラブ

2000年11月25日　第1刷発行

定　価　本体1500円＋税
著　者　斎藤憐
発行者　宮永捷
発行所　有限会社而立書房
東京都千代田区猿楽町2丁目4番2号
電話 03（3291）5589／FAX 03（3292）8782
振替 00190－7－174567
印　刷　有限会社科学図書
製　本　大口製本印刷株式会社

落丁・乱丁本はおとりかえいたします。

ISBN4－88059－245－5 C0074
装幀・神田昇和